미카엘라

4. 긴급! 친구 실종 미스터리

글쓴이 박에스더

고려대학교에서 사회학을 전공했다. 대학 시절 웹소설 연재 플랫폼 '조아라'에 첫 장편 소설 「Singularity」을 연재했으며, 2016년 한국콘텐츠진흥원 스토리 작가 데뷔 프로그램에 발탁되어 쓴 학원 미스터리물 『D클럽과 여왕의 여름』을 출간했다. 소녀 시절에 대한 오묘한 감정과 동경, 추억을 담아 쓴 『미카엘라_달빛 드레스 도난 사건』으로 No.1 마시멜로 픽션 대상을 수상했다. 재미있고 두근거리는 이야기, 훗날 추억이라고 말할 수 있을 만한 글을 쓰려고 노력한다.

그린이 이경희

대학에서 애니메이션을 공부했다. 애니메이션 회사에서 캐릭터 디자이너로 잠시 일하다가 단편 만화 「If I could meet again」이 《씨네21》의 월간지 《팝툰》 공모전에 당선되어 만화가로 전향했다. 「흔적」, 「상한 우유 처리법」, 「새벽 네 시」 등의 단편 애니메이션을 제작·감독했으며, 현재 그래픽 노블과 일러스트 창작 집단인 스패너 스튜디오 Spanner Studio를 꾸려가고 있다. 그린 책으로 『간니닌니 마법의 도서관』, 『방람푸에서 여섯 날』 등이 있다.

미카엘라

4. 긴급! 친구 실종 미스터리

박에스더 글 · 이경희 그림

🐉 비룡소

차례

등장인물

유진

브링턴 아카데미를
졸업했다. 누가 봐도
신사인 멋쟁이.

미카엘라

브링턴 아카데미 8학년.
누구보다 친구들을
사랑한다.

리

원예 전문가로
식물과 약초에 대해
잘 안다.

신시아

브링턴
아카데미의 회장.
의협심이 뛰어나다.

브링턴의 마녀

브링턴 아카데미의
전설 속 마녀.
과연 그 정체는?

헨리 경

오래전 샐버리 마을을
구한 역사 속 영웅.
그 뒷이야기는?

카밀라

브링턴 신문의
편집장이자 도서부 부장.
이야기를 사랑한다.

브링턴의
전설 대백과

카밀라는 문득 깨달았다.

이 넓은 도서관 안에 지금 혼자 있다는 사실을.

멀리 있는 창문에 자신의 모습이 부옇게 비쳤다. 어두운 유리창 속 얼굴은 평소보다 창백하게 질려 있었다. 카밀라가 침을 한 번 꼴깍 삼켰다.

사방은 아주 고요했다. 아침부터 내리기 시작한 여름비가 분명 쏟아지고 있을 텐데, 이상하게 지금은 그 어떤 소리도 들리지 않았다. 그저 아주 무거운 정적만이 사방을 짓눌렀다.

'똑같아.'

카밀라의 머릿속에 자신과 신시아가 운영하는 브링턴 신문의 상담 코너인 「C와 C의 소곤소곤」 란에 들어온 익명의 편지 내용이 스쳐 지나갔다.

> 너무나 조용했어요. 늘 들리던 풀벌레 소리도,
>
> 바람결에 덜컹이는 유리창 소리도,
>
> 오래된 배수관을 타고 쪼르륵거리는 물소리도
>
> 들리지 않았습니다.

불안하게 흔들린 글씨체, 유난히 깊게 찍혀 있던 마지막 마침표까지.

「소곤소곤」 란에 들어온 수많은 편지들의 내용이 차례로 떠오르자 카밀라는 신경을 곤두세웠다. 어느 정도 예상은 하고 있었지만 너무 진행이 빨랐다. 이럴 줄 알았다면 미카엘라에게 알려 둘걸, 하는 뒤늦은 후회가 물밀듯이 들었지만 이제 와선 어쩔 수 없었다.

카밀라의 눈동자가 책상에 놓아둔 책에 가 닿았다. 척 봐도 오래되어 보이는 책의 표지엔 원이 몇 개 겹쳐진 문양과 함께 고색창연한 글씨체로 이렇게 적혀 있었다.

전설 대백과

누가, 언제, 왜 만들었는지 알 수 없었다.

참으로 이상한 책이었다. 본래 있던 내용이 사라졌는지, 아니면 누군가 일부러 없앴는지 알 수 없었지만 남아 있었던 건 목차의 제목뿐. 나머지 빈 페이지는 브링턴 아카데미 도서부 부장의 손을 거칠 때마다 조금씩 채워졌다.

목차에 적힌 제목을 보고 거기에 맞는 전설을 채집해 대백과에 하나씩 기록하는 것. 그것이 브링턴 도서부 부장들의 비공식 임무 중 하나였다.

그렇게 조금씩 완성된 《전설 대백과》는 지금은 도서부의 새로운 부장인 카밀라의 손에 있었다. 카밀라는 '활자 중독'이라는 별명에 걸맞게 8학년에 오르면서 그동안 해 오던 브링턴 신문사 편집장 노릇에 더해 도서부의 부장 자리도 맡았다.

지난 졸업식 날, 카밀라에게 대백과를 넘겨주던 부장 선배의 얼굴은 후련한 한편으로 쓸쓸해 보이기도 했다.

"자, 《전설 대백과》를 줄게. 이제 이건 앞으로 일 년간 카밀라 네 거야."

닳고 닳은 표지가 손 안에 부드럽게 안겨 왔다.

"이제 남은 전설은 얼마 없어. 어쩌면 이 《전설 대백과》를 완성하는 게 네가 될 수도 있다는 뜻이야."

부장 선배의 그 말을 들었을 때 카밀라는 얼마나 가슴이 뛰었는지 몰랐다. 브링턴 아카데미의 모든 전설을 모아 놓은 대백과. 그 긴 여정의 끝이 자신의 손에서 이뤄진다니…….

'하지만 남은 건 채집하기가 아주 어려울 거야. 웬만한 전설들은 이미 대백과에 기록되어 있으니까. 남은 전설은 총 여덟 개야. 대백과에 적힌 이백이십육 개 중 단 여덟 개만 남았지. 할 수 있겠어, 카밀라?'

부장 선배의 말을 들으며 카밀라는 꼭 자신이 완성시키겠다고 스스로에게 다짐했다.

보름달이 뜨는 밤이면 글로리아 홀을 배회한다는 귀부인 전설부터 본관 어딘가에 있다는 어디로든 통하는 문을 지키는 문지기 이야기, 브링턴을 지키는 이름 없는 기사들까지, 《전설 대백과》 속의 전설은 다양했다.

카밀라는 채 여름 방학이 시작하기도 전에 남은 여덟 개 중에 일곱 개를 채웠다. 정말 놀랄 만한 속도였다.

이제 남은 전설은 단 한 개뿐이었다. 빈 페이지에는 이렇게 적혀 있었다.

✦브링턴의 마녀✦

카밀라가 손을 뻗어 손때 묻은 책장을 넘겼다. 달달 외워 버린 첫 문장이 눈에 들어왔다.

> 전설과 진실.
> 비밀은 결국 펜 끝에서 진정한 모습을 드러내리니,
> 이 책을 읽고 기억하는 모든 자에게
> 자유의 날개가 깃들리라.

"……밀라."

나지막한 숨결처럼 아주 작은 목소리가 귓가에 들렸다.

책장을 넘기던 카밀라의 손이 뚝 멈췄다. 눈동자는 책상 앞에 펼쳐진 책에 닿아 있었지만 카밀라의 온 신경은 등 뒤를 향해 있었다. 식은땀이 등줄기를 따라 주르륵 흘러내렸다. 한여름인데도 어디서부터인가 불어온 차갑고 눅눅한 공기가 카밀라의 온몸을 휘감았다. 얼어붙은 몸이 제대로 움직이지 않았다.

책상 위에 둔 등불이 순간적으로 크게 일렁였다. 카밀라는 바로 지금, 자신의 뒤에 '그것'이 와 있다는 걸 직감했다.

브링턴의 마녀.

며칠 전부터 브링턴 아카데미에 소문이 퍼졌다. 학교 어딘가에서 마녀가 나타나 만나는 자마다 저주를 건다고.

처음엔 심심한 누군가의 장난이겠거니 싶었던 소문은 학생들의 입에서 입으로 흘러 다니며 점차 구체적인 모양새를 띠기 시작했다.

마녀에 대한 소문은 짙은 안개처럼 브링턴 아카데미를 덮었고, 곧 '그것'을 봤다는 학생들이 속출했다. 깜박거리는 복도의 등불 아래에서, 기숙사의 오래된 계단에서, 학생들이 많이 다니지 않는 후미진 건물 모퉁이에서.

'마녀를 만나면 영혼을 빼앗겨 버린대.'

'몸은 석상으로 굳어져 버린다지?'

마녀를 만났지만 겨우 빠져나왔다는 아이들은 모두 한목소리로 말했다. 분명 브링턴 아카데미 안에서 이상한 일이 벌어지는 게 확실하다고.

카밀라는 학생들 사이에 마녀에 대한 이야기가 퍼지자마자 소문의 뒤를 바짝 쫓았다. 《전설 대백과》의 비어 있는 단 한 개의 내용을 찾아서.

그리고 마침내…….

카밀라는 '브링턴의 마녀' 페이지의 끝을 세모나게 두 번 접었다. 미카엘라라면 이게 무슨 의미인지 알아챌 것이다.

전설과 소문, 그리고 진실.

여기까지 온 이상, 물러설 길은 없었다.

숨을 한 번 깊게 들이쉰 카밀라가 아주 천천히 뒤를 돌았다.

전설은 이미 깨어났다.

✢브링턴의 마녀✢

기적의 검을
찾았다!

　흔들리는 촛불이 둥그렇게 모인 펜싱 부원들의 얼굴에 일렁이는 불
빛을 드리웠다. 입을 꾹 다물고 있긴 했지만 다들 떨리는 표정이 역력
했다.

　가운데 앉은 미카엘라가 낮은 목소리로 입을 열었다.

　"이런 늦은 시간에 펜싱 부원 전원을 소집한 이유는 모두 알고 있
으리라 생각합니다. 하지만 한 번 더 설명을 하자면……."

　"설명은 무슨! 얼른 보여 주기나 해, 미카엘라!"

　끝에 앉은 부원이 조바심 넘치는 목소리로 외쳤다. 미카엘라가 한

숨을 쉬었지만 그걸 들어 줄 사람은 없었다.

"정말 우리 부원들은 분위기 잡을 줄을 모른다니까."

애써 꾸민 엄숙한 목소리를 벗어던진 미카엘라가 툴툴거렸다. 물론 그걸 봐줄 부원들도 아니었다.

"정말로 기적의 검을 발견한 거야?"

반절은 기대감이, 반절은 의구심이 깃든 물음에 미카엘라가 주변을 한번 둘러보았다. 일단 부원들을 모으긴 했지만 미카엘라도 자신이 발견한 게 정말로 '기적의 검'인지 아닌지는 확신할 수 없었다. 그렇지만 연습실 안에서 의심되는 게 나온 만큼 다른 부원들과 이야기는 해 봐야 했다.

"나는 그렇게 생각하는데 우선 한번 볼래?"

"그래, 그동안 그렇게 찾으려고 해도 못 찾았던 기적의 검이 나왔다니 궁금하긴 하네. 대체 어디서 발견한 거야?"

미카엘라 바로 앞에 앉은 부원이 입을 열었다.

"제일 구석진 연습실에 이상한 소리가 난다는 말이 많았잖아."

"아, 나도 저번에 들은 것 같아."

다른 부원이 고개를 끄덕였다.

"그래서 청소도 할 겸, 그 연습실의 뒤쪽 창고를 정리했는데 벽 틈새에 이상한 상자가 있지 뭐야. 그래서 그걸 열어 보니⋯⋯."

일부러 말을 늘이는 미카엘라에게 부원들이 가벼운 야유를 보냈다. 미카엘라가 헛기침을 하곤 뒤에서 낡은 나무 상자를 꺼내 테이블 위에 놓았다. 반신반의하는 표정으로 부원들이 모였다.

"공개합니다!"

미카엘라가 천천히 상자 뚜껑을 열었다. 검은 벨벳 위에 놓인 작은 검 하나가 찬란히 빛을 발했다.

모두의 눈이 상자 안의 검에 꽂혔다.

"우아!"

검은 오로지 붉은 보석 하나만 박혀 있는 단순한 모양새였지만 오히려 그게 보는 사람의 눈을 잡아끌었다. 엄지손가락보다 조금 더 큰 검의 보석을 보고 있으면 꼭 거기에 빨려 들 것 같았다. 그렇게 오랜 시간 동안 벽 사이에 있었다는 게 믿기지 않을 정도로 검은 완벽한 상태였다. 손잡이의 끝부분엔 헨리 경의 이니셜이 새겨져 있었다.

미카엘라가 그 이니셜까지 아이들에게 보여 주었다.

"정말 전해 내려오는 이야기와 똑같이 생겼잖아! 진짜 기적의 검인가 봐!"

한 부원이 소리치자 누군가 반박했다.

"아니, 오히려 그렇기 때문에 진짜가 아닐 수도 있지. 전해진 이야기를 토대로 똑같이 만들어 낸 게 아닐까?"

"일단 진짜인지 아닌지는 알 수 없으니까 한번 살펴보기라도 하자."

미카엘라가 아주 조심스럽게 검을 들어 올렸다. 흔들리는 촛불에 칼날이 마치 살아 있는 것처럼 번쩍였다.

브링턴 성과 샐버리 마을의 헨리 경.

그를 모르는 브링턴 아카데미 학생은 아무도 없었다. 그도 그럴 것이 역사 시간에 한 번 정도는 헨리 경에 대해 배웠으니까.

헨리 스타우프 경의 이야기는 아주 오래전으로 거슬러 올라갔다. 브링턴이 에메랄드 숲에 둘러싸인 작은 성이고 샐버리 마을은 몇몇 부락들이 모인 곳이었던 시절까지.

헨리 경은 바다를 건너 샐버리 마을에 도착했다고 했다. 그와 함께 온 멋진 기마병과 휘날리는 깃발은 샐버리 마을 사람들에겐 놀라움 그 자체였다.

헨리 경은 추위에 강한 새로운 농작물을 가져왔고 마을 사람들에게 아름다운 태피스트리를 짜는 법을 알려 주었다. 또 에메랄드 숲속에 사는 나쁜 것들을 없애 주기도 했다. 하지만 헨리 스타우프의 이름이 드높이 빛난 이유는 따로 있었다.

기적의 검.

샐버리 마을을 강타했던 전염병을 헨리 경은 기적의 검 하나로 깨끗이 치료했던 것이었다. 그 어떤 치료법을 사용해도 속수무책으로 죽어 가던 사람에게 헨리 경이 기적의 검을 가져다 대는 것만으로도 환자가 자리에서 벌떡 일어났다고 했다. 그리고 마을 사람들을 다 치료한 후엔 브링턴 성에 불을 질러 전염병이 더 이상 번지지 못하도록 완전히 막았다. 그걸 본 샐버리 마을 사람들은 헨리 경의 이름을 외쳤고 그의 발 앞에 꽃을 뿌렸다.

마침내 헨리 경의 머리 위에 왕관이 씌워졌다. 헨리 경은 자신을 따르는 열두 기사와 함께 그동안 버려져 있다시피 한 브링턴 성을 자신의 성으로 삼았고, 에메랄드 숲을 개간해 샐버리 마을을 발전시켰다. 보잘것없었던 샐버리 마을이 이 근방에서 가장 큰 도시가 된 것도 이때부터였다.

그렇게 헨리 경은 지금까지도 존경받는 샐버리 마을의 지도자로 남았다.

미카엘라는 자신의 손에 쥐인 작은 검을 다시 한번 바라보았다. 박물관의 학자들이 정식으로 조사를 해야겠지만, 그 시절에 쓰인 기록들을 봤을 때 이 검은 샐버리 마을을 전염병에서 구해 낸 기적의 검과 흡사했다. 헨리 경이 죽고 나서 마치 그를 따르듯 행방이 묘연해진 기적의 검.

많은 사람들이 이 검을 찾기 위해 브링턴을 뒤지고 또 뒤졌다. 헨리 경이 죽을 때까지 살았던 곳이 바로 브링턴 성이었으니 기적의 검이 있을 만한 곳도 여기였기 때문이었다. 하지만 지금까지 기적의 검은 어디서도 발견되지 않았다.

"그런데 이렇게 기적의 검을 보게 되다니……."

미카엘라가 중얼거렸다.

"잠깐만."

부원들 중 하나가 손을 들었다. 모두의 시선이 그쪽으로 쏠렸다.

"이게 진짜 전설 속 기적의 검이라면 지금 브링턴 학생들에게 가장 필요한 거 아냐?"

미카엘라가 되물었다.

"응? 그게 무슨 말인데?"

"헨리 경이 에메랄드 숲에 사는 나쁜 것들을 없앨 때 이 기적의 검을 사용했잖아! 어쩌면 이걸로 브링턴의 마녀를 봉인할 수 있을지도 몰라!"

그 말에 와글와글 떠들던 아이들이 한꺼번에 입을 다물었다. 켜 놓은 촛불이 커다랗게 울렁댔다. 다들 말은 하지 않았지만 그게 무슨 말인지는 알고 있는 눈치였다.

미카엘라 혼자 주변을 두리번거리다 물었다.

"마녀라고? 그게 뭐야?"

옆에 있던 부원 하나가 고민하더니 결국 입을 열었다.

"미카엘라, 너 진짜 몰라? 요새 그 이야기로 아카데미가 얼마나 떠들썩한데!"

정말 모르겠다는 표정을 짓는 미카엘라를 보며 혀를 한 번 찬 부원이 금방 조용한 목소리로 대답했다.

"밤이 되면 브링턴 아카데미에 마녀가 나온대."

"마녀?"

"그래, 그러고는 자신과 마주친 사람의 영혼을 빼앗아 가 버리는 거야. 그러면 그 사람은 마녀에게 홀려서 조종을 당하다가 어느 순간 완전히 영혼을 마녀에게 빼앗기면, 남은 몸이 그대로 굳어 석상이 되어 버린다고 해."

옆에서 다른 부원이 물었다.

"안나가 마녀를 만났다고 했지?"

"응, 그래도 다행히 안나는 석상이 되진 않았어. 그런데 마녀에게 홀려서 조종당했을 때의 기억은 없더라고. 어딜 그렇게 걸었는지 신발에 진흙이 가득 묻어 있었고 손톱이 다 닳아 있었는데도 말이야."

"뭐, 그게 정말이야?"

미카엘라가 소름 돋은 자신의 팔을 쓰다듬으며 물었다. 이야기를 하던 부원이 고개를 끄덕였다.

괴담이니 귀신이니 하는 것들은 미카엘라가 유일하게 무서워하는 종류였다. 그런 것들은 이유도, 실체도 없었다. 어디서부터 어떻게 해결해야 좋을지 알 수 없었다. 미카엘라는 그런 것들을 무서워했다.

한 부원이 말을 꺼냈다.

"맞다. 생각해 보니 카밀라가 브링턴의 마녀에 대해 연구하고 있잖아."

갑작스럽게 나온 카밀라의 이름에 미카엘라가 고개를 들었다.

"카밀라가?"

"응? 뭐야. 미카엘라, 네가 카밀라에 대해 모르는 것도 있었어? 매일 붙어 다니잖아."

"요새 며칠간은 나도 카밀라도 바빠서 통 얼굴을 볼 기회가 없었거든. 그런데 마녀라니? 카밀라가 방학 동안은 전설 채집을 한다고 했는데?"

"내가 듣기론 브링턴의 마녀가 바로 전설로 내려오는 이야기 중 하나일걸."

다른 사람들은 다 알고 있는 듯한 눈치였다. 미카엘라는 왜 카밀라가 자신에게 마녀 이야기를 하지 않았는지 금방 알 수 있었다. 무서운 이야기라면 질색하는 자신을 위해 카밀라는 마녀에 대한 얘기는 입 벙긋도 하지 않은 게 분명했다.

'카밀라.'

당장 카밀라의 얼굴이 보고 싶었다. 미카엘라는 기적의 검을 허리에 찼다.

옆에 있던 다른 부원이 입을 열었다.

"어제도 누가 봤다고 하지 않았어, 그 마녀?"

"내가 듣기론……."

또 다른 부원이 답을 하려 할 때였다.

끼이익.

무거운 것이 나무 바닥을 누르는 소리가 희미하게 들렸다. 미카엘라가 안 속는다는 얼굴로 주변을 둘러보았다. 펜싱부에서 합숙 훈련을 할 때 가끔 부원들이 이상한 소리를 내 미카엘라를 놀리곤 했던 것이다.

"이번엔 또 누구야? 얼른 자수해."

그런데 부원들도 모두 모르겠다는 얼굴로 서로의 얼굴만 바라볼 뿐 나서는 사람이 없었다.

끼익.

비슷한 소리가 한 번 더 났다.

미카엘라가 눈을 깜빡였다. 어디선가 차가운 바람이 훅 불어왔다. 이상한 기분이 들었다. 아까와 다르게 소리가 조금 더 가까운 곳에서 들려오는 듯했다.

이번에는 다른 부원들의 얼굴도 모두 굳어 있었다.

"뭐야, 진짜 너희들이 장난치는 거 아니야?"

미카엘라의 물음에, 주변에 동그랗게 둘러앉은 부원들이 모두 고개를 내저었다.

"정말 아니야!"

끼익, 끽.

또 한 번 들린 소리에 모두 그대로 얼어붙었다. 그렇지 않아도 마녀 이야기를 하고 있었던 참이라 다들 신경이 예민해져 있었다.

"나…… 그런 이야기도 들었어."

누군가 개미만 한 목소리로 말을 꺼냈다.

공격 받은 미카엘라

    복도는 어두웠다. 어디선가 삐걱대는 소리가 나는 것만 같았다. 미카엘라는 멈추지 않고 달려갔다. 커다란 창문 옆을 막 지나치려는 순간이었다. 뭔가가 미카엘라의 시선을 사로잡았다. 시선 끝에 하얀 발 같은 게 걸렸다. 동시에 커다란 소리가 들렸다.

    쾅!

    "으악!"

    미카엘라가 비명을 질렀다. 우르릉하는 낮은 소리가 뒤를 이었다. 갑자기 굵어진 빗줄기가 유리창을 때렸다.

"뭐, 뭐야! 천둥이야?"

번쩍이는 번갯불이 잠깐 동안 복도에 새하얀 빛을 드리웠다. 열린 창문 사이로 불어온 거센 바람이 미카엘라의 머리칼을 사정없이 날렸다. 미카엘라가 기적의 검을 꼭 부여잡은 채 흩날리는 머리칼 너머로 창을 바라보았다. 차가운 바람이 미카엘라의 목덜미를 훑고 지나갔다.

순간 조용해졌다.

너무 조용했다.

꽝꽝거리며 치던 천둥소리도, 창을 울려 대던 빗소리도 들리지 않았다. 미카엘라는 직감적으로 느낄 수 있었다.

지금 자신의 뒤에 누군가 있다는 걸.

뒤돌면 안 된다는 생각이 들었지만 실에 매인 인형처럼 미카엘라의 다리가 움직였다. 눈동자가 천천히 뒤를 향했다. 흔들리는 커튼 그림자 뒤로 무언가 보였다.

번쩍이는 번갯불이 다시 한번 강한 불빛을 드리웠고 그 아래서 바람에 휘날리는 붉은색 머리칼이 마치 핏자국처럼 선명하게 보였다.

소리를 지르려고 했지만 목소리가 나오지 않았다.

'그것'이 미카엘라를 향해 고개를 틀었다. 사람이라면 불가능한 각도만큼 돌아간 얼굴이 이쪽을 향했다. 순간적으로 미카엘라가 흠칫거렸다.

얼굴의 반절이 없었고 남은 얼굴은 비에 젖어 번들거렸다. 만지지 않았는데도 미카엘라는 자신의 손끝에 축축하고 차가운 느낌이 드는 것 같았다.

번갯불이 한 번 깜박였고, 미카엘라의 앞에 있던 반쪽 얼굴이 사라졌다. 고개를 휙 돌리자 열린 창문 옆에 선 그것이 보였다.

열린 창문으로 그것의 손이 움직였다. 빗방울이 대리석 손가락을 타고 흘러내렸다. 창문 너머 어딘가를 가리키고 있는 듯한 모습에 미카엘라가 살짝 고개를 들었다.

"……밀라."

차가운 공기에 섞여 한 번도 들어 보지 못한 목소리가 퍼졌다. 깊은 동굴 속에서 말하는 것처럼 크게 울리는 목소리였다. 그게 무슨 뜻인지 몰라 미카엘라가 가만히 서 있자 이번엔 좀 더 분명한 목소리가 들렸다.

"카밀라."

미카엘라의 눈동자가 커졌다. 퍼뜩 고개를 들었다. 그러고는 머뭇거리지도 않고 그것이 서 있는 창문가로 달려갔다. 자신이 마녀에게 홀린 것이든, 아니든 상관없었다. 중요한 건 지금 카밀라였다.

"카밀라!"

한달음에 달려간 미카엘라가 창틀을 손으로 짚었다. 거센 빗줄기가 쏟아졌지만 미카엘라를 막을 순 없었다.

번쩍.

미카엘라가 힘겹게 눈을 뜨곤 번쩍인 쪽을 바라보았다.

"번개? 아니, 잠깐만……."

땅에서 위로 올라가는 불빛이 보였다. 도서관이 있는 쪽이었다. 커튼이 바람에 펄럭였다.

아주 좋지 않은 예감이 들었다. 카밀라에게 무슨 일이 생겼을 거라는 예감. 당장이라도 카밀라에게 가 봐야 했다. 그러나 몸이 움직이지 않았다. 갑자기 아주 강한 힘이 미카엘라의 어깨를 밀었다. 미카엘라가 창문 밖으로 툭 밀려났다.

"어?"

미카엘라가 눈을 깜박였다. 동시에 머리칼이 허공에 나부꼈다.

기적의 검이 허리춤에서 미끄러져 아래로 떨어졌다. 자신이 창문 아래로 떨어진다는 걸 알면서도 미카엘라는 실감이 나지 않았다.

주변이 느린 화면처럼 지나갔다. 펄럭이는 커튼의 끝자락과 쏟아지는 빗방울.

'속았어! 마녀에게!'

그런 생각이 스치고 지나갔다. 하지만 이미 늦어 버렸다. 이대로 바닥에 부딪히면 정말 큰일 날 것이다. 미카엘라가 최대한 몸을 웅크렸다.

"……엘라! 미카엘라!"

다급한 목소리가 귓청을 때렸다. 익숙한 목소리였다. 딱딱한 바닥에 나동그라질 거라 생각했던 몸이 누군가의 품에 안착했다.

"미카엘라!"

쏴아아!

빗소리가 그제야 들렸다. 미카엘라가 겨우 눈을 들어 목소리의 주인공을 바라보았다. 비에 젖은 머리칼 사이로 개암나무 열매 색깔을 닮은 눈동자가 보였다. 지금 여기서 볼 수 있을 거라곤 생각지도 못한 얼굴이었다. 유진의 뒤로 내팽개쳐진 우산이 나뒹굴었다.

"대체 무슨 일이야! 왜 거기서 뛰어내려!"

유진의 뺨이 상기되어 붉었다. 가쁘게 몰아쉬는 유진의 숨이 미카엘라의 이마를 간지럽혔다. 멍하게 자신을 바라보는 미카엘라의 이곳저곳을 살핀 유진이 커다랗게 숨을 내쉬며 말했다.

"어디 다친 덴 없는 것 같은데. 뭐야, 대체!"

못 본 사이에 유진은 키가 조금 더 큰 듯했다. 얼굴선도 더 뚜렷해졌다. 미카엘라는 지금 이렇게 쿵쾅거리는 심장이 갑자기 창문에서 떠밀려 추락한 탓인지, 아니면 너무 오래간만에 유진을 봤기 때문인지 알 수 없었다.

유진이 미카엘라를 조심히 바닥에 내려 주었다.

"정신이 들어? 무슨 일이야!"

"그, 그게……"

미카엘라가 자신이 떨어진 창문을 올려다보았다. 바람에 펄럭이는 커튼 말고 다른 건 아무것도 없었다. 마녀에게 홀린 기분이었다. 풀숲에 떨어진 기적의 검이 미카엘라의 시야에 들어왔다. 꿈이 아니었다. 미카엘라가 기적의 검을 집어 들고는 창백한 얼굴로 입을 열었다.

"브링턴에 이상한 일이 벌어지고 있어요."

카밀라는 어디로?

신시아가 턱을 괸 채 커다란 궤짝 안을 바라보았다.

"음, 그러니까 그게 이거던가?"

사람 하나는 충분히 들어가고도 남을 크기의 궤짝 안에는 어떻게 쓰는 건지도 모를 물건들이 잔뜩 쌓여 있었다. 오래된 책들과 종이 두루마리들, 먼지가 잔뜩 쌓인 작은 상자들과 열쇠 꾸러미까지. 브링턴의 학생회장에게 이어지는 '잡동사니 궤짝'.

누군가는 그냥 학생회장들이 처치 곤란한 물건들만 모아 놓은 쓰레기통이라고 했지만, 그건 틀린 말이었다. 정말로 쓸모없는 것들도 있었지만 대부분은 브링턴 아카데미의 역사가 담긴 물건들이었다. 옛날 디자인의 학생회 배지며 오래된 사진첩, 누군가 모아 놓은 에메랄드 숲의 나뭇잎 컬렉션까지.

"갑자기 브링턴의 옛날 지도를 찾아 달라니."

궤짝 안에 있는 종이를 벌써 몇 장이나 확인했지만 지도처럼 보이는 건 없었다. 하나씩 물건을 들어 올릴 때마다 피어나는 먼지에 콜록거리면서도 신시아는 끝까지 궤짝 안을 확인했다. 마침내 하나가 신시아의 눈에 들어왔다.

"이건가?"

신시아가 불빛을 여기저기 찢어진 종이에 비췄다. 노랗게 빛바랜 종이엔 오래된 그림이 복잡하게 그려져 있었다. 자세히 들여다보던 신시아가 고개를 끄덕였다.

"여기가 지금의 본관인 것 같고, 여기는 크리스털 궁전 자리인가?"

신시아가 손가락으로 짚어 가며 그림을 살펴보았다.

"아무래도 이거야! 흠, 그런데 카밀라는 브링턴의 옛날 지도가 궤짝 안에 있다는 걸 어떻게 알았지?"

신시아가 고개를 갸웃거리면서 지도를 곱게 접어 가방에 넣었다. 카밀라가 오늘 꼭 그 지도가 필요하다고 부탁했기 때문이었다.

"뭐, 또 보나 마나 전설 채집 때문에 그러는 거겠지만……."

신시아가 말꼬리를 흐렸다. 《전설 대백과》에 대해서는 학생회장인 신시아도 들은 바 있었다. 그리고 그걸 완성하고 싶어 하는 카밀라의 마음 역시 잘 알고 있었다.

"브링턴의 마녀."

신시아의 새파란 눈동자가 가늘게 흔들렸다. 오늘은 말을 해야 했다. 더 이상 마녀에 대해서 연구하는 건 위험하다고. 그런 다짐을 하며 기숙사 밖으로 나섰다.

쾅!

갑자기 들려온 커다란 소리에 신시아가 기숙사 복도의 창문을 바라보았다. 쏟아지는 빗속에서 불빛 하나가 번쩍였다.

"뭐야?"

그쪽을 확인한 신시아의 눈이 커졌다.

도서관이었다.

"카밀라!"

지금 이 시간에 도서관에 있을 만한 사람은 카밀라뿐이었다. 앞뒤 생각할 것 없이 신시아가 달려 나갔다. 하루 종일 내린 비 덕분에 땅이 질척였지만 계속 달렸다. 흙탕물이 신시아의 구두에 잔뜩 튀었다.

마녀에 대한 소문이 브링턴 아카데미에 돌기 시작했을 때 가장 먼저 반응한 사람이 바로 신시아였다. 학생들 사이에서 최대한 불안감이 퍼지지 않도록 마녀가 나타났다는 곳을 철저히 뒤졌다. 하지만 아무런 흔적도 찾을 수 없었다. 신시아는 다른 방법을 내었다. 「소곤소곤」란을 통해 마녀에 대한 정보를 수집했고 카밀라가 마녀의 전설을 쫓는 걸 최대한 도왔다.

하지만 그것도 어제까지의 일이었다.

마녀는 정말로 있었다. 전설 따위가 아니었다. 너무 위험했다.

신시아가 커다랗게 숨을 내뱉었다. 아까 도서관 쪽의 불빛을 봤을 때, 심장이 거세게 뛰었다. 등골을 타고 흐르는 느낌이 아주 이상했다. 만약 카밀라가 잘못된다면 신시아는 자기 자신을 용서할 수 없을 것 같았다.

"신시아!"

도서관에 막 도착한 순간, 누군가 신시아의 어깨를 붙잡았다. 신시아가 사나운 표정으로 뒤를 돌아보았다가 금방 놀란 얼굴로 변했다.

"미카엘라! 유진 선배!"

"너도 도서관에 온 거야?"

숨을 헉헉 몰아쉬며 묻는 미카엘라의 질문에 신시아가 고개를 끄덕였다.

"카, 카밀라가……."

"다들 무슨 일이야?"

도서관의 모퉁이에서 얼굴 하나가 더 등장했다.

"리?"

네 명이 한자리에 모여 서로를 바라보았다. 리가 이상하다는 듯 유진에게 물었다.

"유진, 네가 왜 여기 있어?"

"내가 이번 주에 온다고 편지 보냈었잖아! 읽지도 않은 거야?"

그제야 리가 아, 하면서 무릎을 쳤다.

"그랬지, 참. 하도 일이 많아서 잊어버리고 있었네. 그런데 미카엘라랑 넌 왜 비 맞은 생쥐 꼴이야? 신시아, 네 얼굴은 왜 그렇게 창백하고?"

"지금 그게 문제가 아니야, 리! 도서관 안에 카밀라가……."

마음이 급한 미카엘라가 서둘러 도서관의 문을 잡아 열다가 멈칫거리며 한 발짝 뒤로 물러섰다. 뒤에 서 있던 유진이 미카엘라의 어깨를 자연스럽게 감쌌다.

다가왔던 리와 신시아가 바람에 훅 불어오는 매캐한 연기 때문에 뒷걸음질 쳤다.

"연기?"

"이게 무슨……."

불에 탄 냄새가 코끝을 스쳤다. 가장 먼저 정신을 차린 미카엘라가 도서관 안으로 뛰어 들어갔다.

"카밀라!"

다른 아이들도 서둘러 따라 들어갔다. 연기는 열린 문 사이로 빠져나갔다.

"카밀라, 어디 있어?"

미카엘라가 커다랗게 소리치며 서가 사이를 살폈다. 어디에도 카밀라의 모습은 보이지 않았다. 도서관 쪽에서 번쩍이는 불빛을 봤을 때부터 마음속에 차오르던 불안감이 점차 현실이 되는 기분이 들었다. 마지막 서가를 돌면서 미카엘라가 속으로 되뇌었다.

'제발, 카밀라. 제발.'

여길 지나면 바로 보이는 자리가 카밀라의 지정석이었다. 미카엘라의 발걸음이 뚝 멈췄다.

새카맣게 타 버린 의자가 눈에 들어왔다. 연기는 여기서부터 났던 것이다. 미카엘라가 자리에 털썩 주저앉았다. 이런 광경은 상상도 하지 못했다. 달려온 신시아가 미카엘라를 부축해 일으켜 세웠다.

느린 발걸음으로 미카엘라가 카밀라의 지정석을 향해 다가갔다. 그 자리가 하루 종일 햇빛이 적당히 들어 책 읽기 가장 좋은 자리라고 했던 카밀라의 목소리가 지금도 생생했다. 그러나 지금은 까맣게 타 버린 재만 바닥에 쌓여 있을 뿐이었다. 미카엘라는 멍한 표정으로 그 광경을 바라보았다.

"이상해."

신시아가 그렇게 말하고는 주변을 살폈다.

"의자는 이렇게 탔는데 다른 곳은 모두 멀쩡해. 책상도, 책들도. 심지어는 바닥도 그대로잖아. 그런데 의자만 탈 수가 있는 거야?"

"뭐야. 정말이잖아?"

리 역시 믿을 수 없다는 표정이었다. 신시아가 말한 것들을 살펴보던 미카엘라가 중얼거렸다.

"마녀⋯⋯."

그 말에 신시아가 고개를 들었다.

"지금 뭐라고 했어, 미카엘라?"

"브링턴의 마녀 말이야. 분명 마녀의 짓이야! 내가 마녀를 봤어!"

그 말에 차가운 정적이 내려앉았다. 그 정적을 가장 먼저 깬 것은 리였다.

"브링턴의 마녀를 봤다고, 미카엘라? 언제?"

"여기 오기 바로 직전에. 그게 날 창문에서 밀었어."

"뭐라고? 어디 다친 데는!"

"창문에서 떨어졌다는 말이야?"

미카엘라의 말에 리와 신시아가 동시에 물었다. 신시아가 자신을 잡고 여기저기를 살피는 걸 미카엘라가 겨우 말렸다.

"다행히 괜찮아. 아무 데도 안 다쳤어. 지금 중요한 건 카밀라잖아."

그 말에 다들 다시 정신을 차렸다. 미카엘라가 카밀라의 지정석을 한번 훑었다. 그제야 눈에 들어오는 게 있었다. 책상에 다가간 미카엘라가 무언가를 집어 들었다. 손끝이 떨렸다.

"그게 뭐야, 미카엘라?"

유진의 물음에도 미카엘라는 답이 없었다. 눈동자가 오로지 손에 들린 책에 꽂혀 있었다.

"카밀라에게 무슨 일이 생긴 게 분명해."

그렇게 말하는 미카엘라의 목소리엔 희미한 분노가 깃들어 있었다. 유진이 가장 먼저 물었다.

"왜 그렇게 생각하는 거야?"

미카엘라가 천천히 고개를 돌려 유진을 바라보았다. 미카엘라의 연녹색 눈동자는 눈물로 가득 차 있었다. 유진은 마음 한구석이 덜컥 떨어졌다.

"카밀라가 이걸 두고 다른 곳에 갔을 리가 없으니까요."

미카엘라가 손에 든 책을 가리켜 보이고는 천천히 말을 이었다.

"《전설 대백과》. 이건 카밀라가 가장 소중하게 여기는 책이에요. 대대로 도서부 부장에게 내려오는 거라고 했어요."

이걸 받아 온 날, 카밀라는 입에 침이 마르도록 자랑했다.

'어때? 완전 멋지지 않아? 딱 하나밖에 없는 책이라고! 도서부 부장에게만 전해지는 책이 드디어 내 손에 들어왔어.'

"심지어는 화장실에 갈 때도 이 책을 들고 다녔어요. 브링턴 아카데미의 모든 전설을 모아 이 책을 완성하겠다고 얼마나 자랑을 했는데 이걸 놓고 카밀라가 다른 곳에 갔을 리는 없다고요! 게다가 이걸 봐요."

미카엘라가 대백과를 펼쳐 어떤 페이지의 끝을 가리켰다. 끝부분이 특이하게도 삼각형으로 두 번 접혀 있었다.

"이렇게 접혀 있는 건 카밀라와 저만이 아는 비밀 신호예요."

미카엘라가 입술을 꾹 깨물었다. 유진이 최대한 부드러운 목소리로 물었다.

"이게 무슨 뜻인데?"

"삼각형으로 한 번 접으면 여기까지 읽었으니 아직 책을 반납하지 말라는 거고, 이렇게 두 번 접으면…… 다음 수업 시간에 이 책을 가져다 달라는 의미였어요."

옆에서 신시아가 입을 열었다.

"그러니까 카밀라의 뜻은……."

"그래, 이 책을 가지고 자신에게 와 달라고 마지막까지 나한테 전하려고 했던 거야."

결국 참지 못한 눈물이 미카엘라의 볼을 타고 흘렀다. 주먹을 쥔 손으로 눈물을 닦아 냈다.

"그렇다고 카밀라에게 무슨 일이 생겼다는 건……."

말이 안 된다고 하려던 유진이 타 버린 의자를 바라보았다. 이런 상황에서 말이 안 되는 건 없는 듯했다.

"사실 나도 봤어."

리의 갑작스러운 말에 모두의 시선이 쏠렸다.

"봤다고? 뭘?"

미카엘라가 물었다.

"브링턴의 마녀."

리의 대답에 미카엘라가 입을 딱 벌렸다.

"정말? 리, 너는 언제?"

"어젯밤. 크리스털 궁전으로 가는 길에서."

짙게 낀 안개 사이에서 나던 이상한 소리가 다시금 떠올라 리가 자신도 모르게 팔을 손으로 쓸었다. 유진이 물었다.

"잠깐. 그 마녀라는 게 뭐야?"

미카엘라가 아카데미 안에 도는 브링턴의 마녀에 대해 유진에게 짧게 설명해 주었다.

"뭔가 이상한 일이 벌어지고 있는 건 확실하네."

유진이 걱정스러운 얼굴로 이해했다는 듯 고개를 끄덕였다.

미카엘라가 신시아에게 물었다.

"신시아, 넌 어때? 너도 마녀를 본 적 있어?"

신시아의 새파란 눈동자가 잠깐 어두워졌다. 대답 대신 가방에서 접힌 지도 한 장을 꺼냈다.

"마녀 대신 난 이게 걸려."

"그게 뭐야?"

리가 물었다. 신시아가 책상 위에 지도를 펼쳤다. 모두의 시선이 거기에 쏠렸다.

"카밀라가 오늘 꼭 나한테 가져오라고 했던 지도야. 아주 옛날, 브링턴을 그려 놓은 지도지."

"카밀라가?"

미카엘라의 말에 신시아가 고개를 크게 끄덕였다. 지도를 뚫어져라 살피던 미카엘라가 중얼거렸다.

"카밀라라면 뭔가 알아낸 게 틀림없어."

"나도 그렇게 생각해. 이 지도도 분명히 마녀와 연관된 걸 거야. 대백과의 목록에 이름을 올릴 전설이라면 브링턴의 마녀도 아주 오래된 이야기일 테고. 이 지도가 그려진 옛날 브링턴 시대의 사람일지도 몰라."

신시아의 말에 미카엘라가 고개를 끄덕였다. 카밀라 역시 그렇게 생각했을 것 같았다.

타 버린 의자를 미카엘라가 한 번 더 바라보았다.

"카밀라가 영혼을 마녀에게 완전히 빼앗기기 전에 카밀라를 찾아야 해. 그렇지 않으면 영원히 석상이 될지도 모른다고!"

"당연히 그 전에 카밀라를 찾아야지."

신시아가 단호하게 대답했다. 유진이 지도를 손으로 짚었다.

"카밀라라면 우리가 찾아올 수 있게 뭔가 힌트를 남겨 놓았을 거야. 마녀에 대해 가장 잘 알고 있는 게 카밀라니까 거기에 대비를 해

났겠지. 아마 이 지도도, 남겨 놓은 《전설 대백과》도 그 힌트 중 하나가 아닐까?"

"선배 말이 맞아요."

미카엘라가 《전설 대백과》를 소중하게 가방에 집어넣고는 지도를 바라보았다. 자신에게는 헨리 경이 쓰던 기적의 검과 카밀라가 남긴 《전설 대백과》, 그리고 친구들이 있었다.

카밀라를
찾아야 해!

당연히
그래야지.

카밀라가
남겨 놓은 힌트가 뭘까?

첫 번째 단서

"어제 읽다 만 《드래건 크루세이드》를 어디에 놨더라."

카밀라는 혼잣말을 중얼거리며 책으로 빽빽한 서가를 가로질렀다. 《드래건 크루세이드》는 카밀라가 가장 좋아하는 시리즈 중 하나로 주인공인 찬트라가 아주 멋있었다. 드래건을 무찌른 유명한 검술가인 찬트라는 긴 곱슬머리를 늘 질끈 묶고 다녔다.

"아, 여기 있다. 대체 누가 이렇게 높은 곳에 꽂아 놓은 거야?"

키보다 훌쩍 높은 곳에 꽂힌 책을 빼기 위해 디딤판을 찾으려던 카밀라 위로 그림자 하나가 드리워졌다. 뭐지, 하며 고개를 든 카밀라의 눈에 밝은 연녹색 눈동자가 들어왔다. 그건 소설 속 찬트라의 눈 색과 똑같았다. 상상만 하던 눈동자가 시야에 들어오자 카밀라는 무의식적으로 말이 나갔다.

"찬트라?"

그 질문에 연녹색 눈동자가 반달처럼 휘어졌다.

"응? 난 찬트라가 아닌데."

카밀라가 자신의 실수를 알아채곤 아, 소리를 내며 입을 막았다. 맑은 웃음소리가 터졌다.

"난 미카엘라라고 해. 넌 카밀라지?"

미카엘라가 꺼낸 책을 카밀라에게 건네주었다. 표지엔 검을 높게 치켜든 찬트라의 모습이 그려져 있었다. 그걸 본 미카엘라가 웃었다.

"얘가 찬트라야?"

"응, 맞아! 너랑 닮았지?"

카밀라가 든 책의 표지를 쳐다보던 미카엘라가 잘 모르겠다는 듯 씩 웃었다.

"찬트라 쪽이 훨씬 더 멋진 것 같은데."

"너도 멋져!"

생각보다 말이 먼저 나왔다. 아차 하는 표정으로 카밀라가 미카엘라를 바라보았다. 처음 보는 사이에 이런 말을 하는 게 이상해 보일 수도 있다. 하지만 돌아온 대답은 너무나 상쾌했다.

"아, 정말? 칭찬 고마워. 그런데 이 책, 무슨 내용이야? 난 책 잘 안 읽어서."

"정말? 한 번도 읽어 본 적이 없다고? 《드래건 크루세이드》가 얼마나 흥미진진한데!"

"그래? 그럼, 카밀라 네가 무슨 이야기인지 들려줘!"

그 말에 카밀라가 멍하니 미카엘라를 바라보았다. 지금까지 한 번도 들어 본 적 없는 요청이었다. 누구도 카밀라가 읽는 책의 내용을 궁금해하지 않았으니까.

"정말? 듣고 싶어?"

"당연하지."

눈을 반짝이며 기다리는 미카엘라를 보며 카밀라가 입을 열었다.

"이 책의 내용이 말이지……."

미카엘라가 들고 있는 등불 아래로 서가에 꽂힌 《드래건 크루세이드》가 어른거렸다. 그때는 깨끗했던 표지가 지금은 너덜너덜해졌다. 그래도 카밀라는 좋아했다. 그만큼 많은 사람들이 이 책을 읽었다는 증거라면서.

둘의 첫 만남 계기였던 그 책을 들여다보며 미카엘라는 지금 카밀라가 어디서 뭘 하고 있을지 상상하려 애썼다. 카밀라는 마녀에 대해 자신들이 모르는 것을 알고 있었다. 그게 뭔지 알아내야 했다. 마녀와 카밀라, 전설과 브링턴의 옛 지도…….

"지도를 보면 이 도서관이 아주 예전부터 있었던 게 분명해. 하지만 지금이랑은 모습이 많이 다른 것 같네."

지도를 보던 신시아가 말했다. 미카엘라가 지도를 가만히 들여다보았다. 중심이 되는 큰 벽들의 모양은 비슷했지만 확실히 지금과는 모습이 달랐다.

"여기에 무슨 계단 같은 게 있었던 것 같은데."

리가 손으로 지도를 짚었다.

"그 자리는 이 책장쯤인 것 같은데 아무것도 없어. 도서관은 2층이 전부 아니야?"

신시아와 리가 하는 이야기를 들으며 미카엘라는《드래건 크루세이드》가 꽂힌 책장을 바라보았다.

"카밀라가 도서관 안에서 사라졌다는 건 확실한데 그게 어떻게……. 미카엘라?"

갑자기 책장을 향해 돌진하는 미카엘라를 보며 신시아가 당황한 듯 이름을 불렀다. 미카엘라는 대답도 하지 않고 무서운 얼굴로 책장에 꽂힌 책들을 쭉 살폈다. 유진이 물었다.

"왜 그러는 거야?"

"책의 배열 순서가 이상해요."

"뭐라고? 배열 순서? 그게 왜?"

"도서관 안의 서가들은 카밀라가 관리하고 있어요. 하지만 보세요. 지금 이 서가에 꽂힌 책들은 모두 배열이 엉망진창이에요."

그 말에 유진을 비롯한 나머지 아이들도 모두 서가에 꽂힌 책을 바라보았다. 신시아가 고개를 끄덕였다.

"정말 그러네. 제목이나 작가 이름 순서도 아니고 새로 나온 책만 모아 놓은 것도 아니야."

유진이 책을 한 번 쭉 살펴보았다.

"누군가 일부러 모아 놨어요. 그리고 거기에 제가 알아볼 수 있도록 이 책을 끼워 놓은 거고요."

미카엘라가 《드래건 크루세이드》를 서가에서 꺼냈다. 갑자기 서가가 스르륵 돌아갔다. 문이 열리듯 반 바퀴 돌아간 서가 뒤로 숨겨진 계단이 보였다. 갑작스러운 상황에 미카엘라가 책을 손에 든 채 눈을 깜박였다.

"이게 뭐야?"

생각지도 못한 모습에 다들 눈만 동그랗게 떴다. 미카엘라가 자신의 손에 들린 《드래건 크루세이드》를 내려다보다가, 뭔가 떠오른 듯 책을 다시 그 자리에 꽂아 넣었다. 그러자 서가가 원위치로 돌아왔다. 뒤엔 아무것도 없었다는 듯 계단이 감쪽같이 사라졌다.

"이 책이 열쇠였던 거야!"

서가 뒤에 숨겨진 비밀의 계단으로 통하는 열쇠.

그걸 발견한 카밀라는 자신을 쫓아올 미카엘라를 위해 이런 식으로 힌트를 남겨 놓은 것이다. 미카엘라라면 분명 《드래건 크루세이드》를 기억하고 있을 거라 믿고.

"카밀라다운 힌트네, 정말."

신시아의 말에 미카엘라가 미소 지었다. 미카엘라가 다시 한번 그 책을 집어 들었다. 숨겨진 계단이 다시 한번 빠끔 모습을 드러냈다. 신시아가 지도를 들고 계단의 위치를 살펴보았다.

"아무래도 저게 이 지도에 나와 있는 계단인 것 같아."

"대체 어디로 이어져 있는 거야?"

미카엘라의 물음에 신시아가 지도를 보았다.

"다른 방과 연결은 되어 있는 것 같은데……. 그다음은 잘 보이지 않아. 너무 희미해."

"숨겨진 방이라니."

미카엘라는 기적의 검을 허리춤에서 빼내 내려다보았다. 지금 이것이 자신의 손에 들려 있는 게 우연만은 아닌 듯했다. 어쩌면 오늘 일어날 이 일을, 헨리 경은 알고 있었을지도 모른다는 생각이 들었다.

"잠깐. 저기 뭐가 있지 않아?"

리가 돌아간 서가의 뒤편을 가리켰다. 반짝이는 무언가가 바닥에 떨어져 있었다. 그걸 보자마자 미카엘라가 검을 허리에 차고 바로 뛰쳐나갔다.

미카엘라가 반짝이는 것을 주워 자세히 바라보더니 신시아 쪽으로 고개를 돌렸다.

"이건 내가 카밀라에게 생일 선물로 줬던 펜의 뚜껑이야."

금색 테두리에 나리꽃이 새겨진 펜 뚜껑은 바닥을 아무렇게나 구른 듯 흠집이 남아 있었다. 미카엘라가 펜 뚜껑을 소중하게 집어 들어 가방 안에 넣곤 입을 열었다.

"카밀라도 이 비밀의 계단을 지나간 거야."

더 이상 꾸물거릴 시간이 없었다.

열린 서가의 문, 그 뒤로 이어진 비밀의 계단. 그다음에 어떤 일이 기다리고 있을지 짐작도 할 수 없었다. 하지만 가야 했다. 카밀라가 자신을 기다리고 있을 테니까.

"난 갈 거야. 너희는……."

신시아가 가장 먼저 일어서 다가왔다. 단단히 결심한 표정이 신시아의 얼굴을 스쳤다.

"당연히 나도 가. 카밀라를 찾을 수만 있다면 나는 미카엘라 너와 어디든 갈 거야."

신시아가 미카엘라의 손을 가볍게 잡았다.

"우리도 마찬가지야."

리와 유진도 서가의 안쪽으로 들어왔다.

네 명의 아이들이 길게 이어진 계단을 올려다보았다. 바깥에서 볼

때보다 계단은 훨씬 더 크고 높았다. 한 번 발을 디디면 절대 돌아오지 못할 것만 같았다. 그런 마음들을 읽었는지 리가 반쯤 장난기 어린 목소리로 입을 열었다.

"이런 곳을 혼자서 오다니. 카밀라도 정말 대단한데."

그 말을 들은 미카엘라가 희미하게 웃었다. 덕분에 어두운 분위기가 조금은 가셨다.

미카엘라가 허리에 매고 있던 기적의 검 손잡이를 꽉 쥐었다.

"마녀를 만난다면 물어보고 싶어. 왜 지금까지 브링턴 아카데미에 나타나 다른 사람들을 두려움에 떨게 하는지."

신시아가 미카엘라의 말을 받았다.

"또다시 마녀가 브링턴 아카데미에 발 디디지 못하게 만들어야 해. 우리가 여기서 마녀를 없애지 못한다면 브링턴 학생들은 영영 이런 위험 속에서 살아야 할지도 모른다고."

"그렇게 둘 순 없지."

유진 역시 고개를 끄덕였다. 미카엘라가 모두와 눈을 마주쳤다.

"좋아, 그럼 우리도 가 보자."

어둠에 잠긴 계단을 한 번 바라본 미카엘라가 막 발을 디디려던 참이었다.

"어, 미카엘라! 거기, 그 검에서 빛이 나!"

신시아의 말에 미카엘라가 손으로 자신의 허리를 더듬었다. 아닌

게 아니라 흐릿한 빛이 허리춤에서 새어 나오고 있었다. 정확히 말하면 허리에 달아 놓은 검에서부터. 미카엘라가 서둘러 기적의 검을 꺼내 들었다. 반짝거리는 불빛이 성냥불을 확 댕긴 듯 기적의 검에서 퍼져 나왔다.

"우아……"

입을 딱 벌린 미카엘라의 얼굴이 아주 잘 보였다. 미카엘라가 멍하니 검을 바라보았다.

"진짜였던 거야?"

믿을 수 없다는 말투로 미카엘라가 중얼거렸다. 신시아가 옆에서 물었다.

"그거 대체 뭐야? 빛이 나는 검이라니."

미카엘라가 신시아를 돌아보며 커다란 목소리로 대답했다.

"헨리 경의 검. 기적의 검이야!"

그 말에 신시아가 놀란 목소리로 물었다.

"뭐? 그게 기적의 검이라고? 역사 속에서 사라진?"

"응, 펜싱부 연습실에서 발견했어! 지금까지는 진짜인지 아닌지 긴가민가했는데 이걸 보니 '기적의 검'이 확실한 것 같아!"

"이렇게 빛을 내는 검이 세상에 많이 있지는 않을 것 같네. 이게 정말 기적의 검이라면…… 우리에게도 승산이 있어. 악한 것들을 없애고 전염병을 물리친 검이잖아!"

신시아의 목소리에 희망이 깃들었다. 미카엘라가 기적의 검으로 계단참을 밝혔다. 바로 앞에서 본 계단은 오래된 티가 났다.

"미카엘라, 이걸 봐."

신시아가 미카엘라의 옷깃을 살그머니 끌어당겼다. 신시아가 가리킨 건 반질반질하게 닳은 나무 난간이었다. 난간을 지탱하는 다리엔 물망초 모양이 빼곡히 조각되어 있었고 그 위엔……

"……하눔비."

미카엘라가 무의식적으로 난간에 새겨진 이름을 손가락으로 쓸었다. 누군가 한 번 털어 냈는지 다른 곳보다 얇게 덮인 먼지를 쓸어 내자 다른 이름들이 보였다.

아르크, 라흐미, 에빈루드, 위다드, 로슈니……

총 열세 개의 이름이 난간에 적혀 있었다.

"이게 대체 뭘까?"

미카엘라의 질문에 신시아가 다시 한번 읽어 보았다. 처음 보는 이름들이었다.

"이런 곳에 적혀 있을 정도라면 분명 브링턴과 관계된 사람들일 텐데."

신시아가 그 이름들을 입 속에서 중얼거렸다.

"저, 저길 봐!"

다급한 유진의 목소리에 난간을 살피고 있던 미카엘라와 신시아가 고개를 들었다. 유진이 손가락으로 천장을 가리켰다. 그곳을 바라본 미카엘라가 헉하는 소리를 냈다.

"저게 대체 뭐야?"

목소리가 사정없이 떨렸다.

천장에 가득히, 검붉은 색으로 쓰인 이름은 여기에 있는 모두가 다 아는 이름이었다. 헨리 스타우프. 문제는 그다음이었다. '헨리 스타우프와 그 피를 이어받은 자들에게 고하노라.'라는 문장으로 시작한 천장의 글은 그야말로 저주였다. 검붉은 색 잉크로 빽빽이 쓰인 저주. 차마 입에도 담을 수 없는 말들을 읽어 가던 미카엘라가 그대로 굳었다.

"대, 대체 누가 헨리 경을 이렇게 증오한 걸까. 말도 안 돼……."

신시아가 옆에서 혼잣말처럼 중얼거렸다.

"헨리 경을 증오한 사람. 헨리 경에게 이렇게 저주를 내릴 만큼 악의를 가지고 있는 사람이라면……."

뭔가 생각하는 듯하던 신시아가 리를 향해 물었다.

"리, 중세사 시간에 배웠던 거 기억나? 헨리 경 시대엔 브링턴이 지금 같은 모습이 아니었지?"

"응, 그때 브링턴은 에메랄드 숲에 둘러싸인 작은 성 정도였다고 했어. 갑자기 그건 왜?"

신시아의 파란 눈동자가 빛났다.

"우리가 배웠던 헨리 경의 업적 중에 이런 게 있잖아! 샐버리 마을에 온 헨리 경이 에메랄드 숲에 사는 나쁜 것들을 봉인해 주었다고."

"나쁜 것들이라면?"

"그 시대 기록에서 '나쁜 것'이라고 에둘러 적어야 했던 존재는 대체 뭐였을까?"

신시아의 질문에 모두 같은 걸 떠올렸다. 미카엘라가 입을 열었다.

"브링턴의 마녀."

신시아가 고개를 끄덕였다.

"당시 브링턴은 에메랄드 숲 한가운데 있는 성이었어. 옛날 기록에선 브링턴 성과 에메랄드 숲이 거의 같은 의미로 사용되었지. 그런 걸 따지자면 에메랄드 숲의 '나쁜 것'이라는 건 결국 브링턴의 마녀를 가리키는 말일 수도 있어."

미카엘라가 천장을 흘깃 바라보았다.

"만약 헨리 경이 정말로 마녀를 봉인했다면…… 이 무시무시한 저주도 이해가 가."

마녀라면 이런 섬뜩한 저주를 남겨 놓고도 남았을 것이다.

"아무래도 만약이 아닌 것 같아."

리의 말에 다른 아이들이 그쪽을 향해 고개를 돌렸다. 계단의 반대편에 걸려 있는 커다란 그림이 눈에 들어왔다. 미카엘라가 몇 걸음 뒤로 물러나 그림을 바라보았다.

순간, 소름이 팔을 타고 올라왔다.

그림 속 눈동자가 이쪽을 똑바로 쳐다보고 있었다. 불에 타오르는 것 같은 황금색 눈동자, 사방으로 퍼진 붉은 머리칼, 굳게 다문 입술. 미카엘라가 저도 모르게 중얼거렸다.

"……봤어."

자신의 어깨를 밀던 그 감촉까지 전부 기억났다. 미카엘라가 몸을 부르르 떨었다.

"잠깐, 미카엘라. 네가 저 사람을 봤다고?"

그렇게 물은 건 유진이었다. 당황을 넘어 믿을 수 없다는 말투였다.

"네, 복도에서 봤던 얼굴이에요. 확실해요. 브링턴의 마녀라고요!"

미카엘라의 대답을 들은 유진은 이상하다는 듯 계속 고개를 내저었다.

"그럴 리가 없어. 저 여자는 내 꿈속에 나왔던 사람인데……."

"네? 그게 무슨 말이에요?"

미카엘라가 놀란 목소리로 물었다. 유진의 표정이 아주 이상했다.

"저게, 저게 미카엘라 네가 봤던 브링턴의 마녀라고?"

"네, 맞아요. 그런데 그 마녀가 선배의 꿈에 나왔다고요? 언제요?"

대답도 못한 채 유진은 멍하니 그림을 바라보았다. 개암빛 눈동자엔 옅은 두려움이 깔려 있었다.

꿈속이었다. 하지만 꿈속에서도 여자의 선명한 황금빛 눈동자엔 분노가 가득했다. 넘실거리는 살기가 고스란히 전해졌다. 고약한 악몽이라고 생각했다. 그 붉은 머리칼이 볼을 스치는 순간······.

"유진 선배?"

자신의 이름을 부르는 미카엘라의 목소리에 유진이 퍼뜩 정신을 차렸다. 유진이 미카엘라를 바라보았다. 연녹색 눈동자가 맑았다.

악몽을 꿨을 때도 그랬다. 이대로 영영 깨어나지 못하면 어떡하지 하는 생각에 온몸에 식은땀이 흐르던 순간, 자신을 부르는 미카엘라의 목소리에 깨어났던 것이다.

"선배?"

재차 자신을 부르는 미카엘라을 보며 유진이 겨우 대답했다.

"이, 일주일 전 저녁 꿈에. 분명해."

신시아가 손가락을 접어 가며 계산하다가 입을 열었다.

"일주일 전이라면 마녀가 브링턴 아카데미에 처음 나타난 때와 일치해요."

무거운 정적이 아이들을 휘감았다. 소름이 끼쳤다.

"그, 그럼 나랑 리, 그리고 유진 선배까지 브링턴의 마녀와 만난 적이 있다는 거네?"

미카엘라의 그 말을 들은 신시아의 얼굴이 묘하게 굳었다.

"선배의 꿈속에서 마녀가 무슨 말을 하진 않았어요?"

신시아가 얼른 유진에게 물었다.

"무슨 말을 하진 않았는데······."

유진이 자신의 목덜미를 쓸었다. 꿈속에서 느꼈던 얼음장처럼 차가운 손가락이 아직도 생생했다. 목소리가 떨렸다.

"내 목을 졸랐어."

"선배의 목요?"

미카엘라가 얼른 유진의 옆에 다가와 목덜미를 살폈다. 살짝 붉어진 얼굴로 유진이 괜찮다는 듯 미카엘라의 시선을 피했다.

"꿈이라니까. 괜찮아."

"그래도요! 저는 그 마녀 때문에 진짜로 창문에서 떨어진걸요!"

유진이 뭔가 생각났다는 듯 무릎을 쳤다.

"아! 생각해 보니 마녀가 말은 하지 않았지만 표식은 남기고 갔어!"

"표식?"

리의 물음에 유진이 고개를 끄덕였다.

"꿈속에서 마녀가 서 있던 곳의 카펫만 불에 그슬려 있었어. 카밀라의 의자처럼."

"카밀라에게 나타났던 그 마녀인가 봐."

아이들이 고개를 들어 그림 속 마녀의 얼굴을 바라보았다. 부릅뜬 황금색 눈동자는 마주치기만 해도 오금이 저렸다.

자세히 보니 그림은 군데군데가 뜯겨 나가 있었고 헨리 경의 이름을 썼던 검붉은 색 잉크 자국이 지저분하게 남아 있었다. 침착함을 되찾은 유진이 입을 열었다.

"그린 지 상당히 오래된 것 같네."

"그렇겠지, 헨리 경 시대의 사람이라면."

리가 수긍하며 그림을 찬찬히 살폈다.

"어쩌면 여긴 헨리 경과 마녀가 마지막으로 결전을 펼쳤던 곳일지도 몰라."

리의 말에 모두가 입을 다물었다. 기분이 이상했다.

"그래, 잘됐어."

"그건 또 무슨 말이야, 리. 여기가 마녀가 있던 곳일지도 모르는데 그런 소리가 나와?"

"생각해 봐, 미카엘라. 우리는 지금 마녀에게 홀린 카밀라를 찾으려고 온 거잖아. 이렇게 흔적이 남아 있다는 건 마녀에게 가까워지고 있는 건지도 몰라. 그렇다면 카밀라도 금방 찾을 수 있겠지!"

"아, 그렇게 생각할 수도 있겠구나!"

미카엘라의 얼굴이 환해졌다. 카밀라를 찾을 수 있는 흔적이라고 생각하니 기분이 조금은 괜찮아졌다.

"좋아. 그렇다면 더더욱 힘을 내야지."

미카엘라가 빛나는 기적의 검을 높이 들어 올렸다. 반짝이는 빛이 어둠 속 비밀의 계단을 밝혔다.

숨겨진 공간

"이 계단, 대체 어디까지 이어져 있는 거야? 도서관 안에 이렇게 높은 곳이 있었어?"

가장 뒤에서 계단을 오르던 유진이 물었다. 리는 묵묵히 발걸음을 옮기고 있었지만 힘든 기색이 얼굴에 보였다. 신시아가 안 되겠다는 듯 미카엘라를 불러 세웠다.

"미카엘라."

듣지 못했는지 미카엘라는 계속 계단을 올랐다.

"미카엘라!"

미친 듯이 계단을 올라가는 미카엘라의 어깨를 신시아가 붙잡았다. 뒤돌아보는 미카엘라의 이마엔 땀이 송글송글 배어 있었다. 미카엘라가 지금 어떤 기분인지는 신시아도 잘 알고 있었다. 하지만 이렇게 무작정 간다고 해서 되는 게 있고 안 되는 게 있었다. 신시아가 달래는 목소리로 말했다.

"우리가 있는 곳은 마녀의 저주가 깃든 곳이야. 마구잡이로 올라가기만 해서는 끝이 보이지 않을 거라고."

"그럼, 그럼…… 대체 어떡하라는 거야! 카밀라가 여길 지나간 건 확실한데!"

"침착해, 미카엘라. 내가 보기엔 이 계단이 문제인 것 같아. 지도에 따르면 지금 우리가 오르고 있는 계단은 높아 봤자 3층 정도의 높이야."

"3층? 지금 우리가 얼마나 올라왔는지 알고 하는 소리지?"

유진이 뒤에서 어이없다는 목소리로 물었다. 신시아가 고개를 끄덕였다.

"알고 있죠, 선배. 혼자만 올라온 것도 아닌데."

최대한 날 선 목소리를 내지 않기 위해 노력하는 게 고스란히 느껴졌다. 타개할 방법이 아무것도 보이지 않는 상황이 아이들의 신경을 갉아먹는 듯했다.

"그럼 어떡할래? 다시 내려갈까?"

리가 중간에서 물었다. 신시아가 한숨을 쉬며 입을 열었다.

"내가 보기엔 이젠 내려갈 수도 없을 거야. 아까부터 생각했는데 이 계단, 기울기와 방향이 이상해. 못 느꼈어?"

"난 잘 모르겠는데……. 뭐가 이상하다는 거야?"

미카엘라가 물었다. 신시아가 둥글게 말려 올라가는 계단과 벽을 보며 말했다.

"올라가는 것 같아 보이지만 사실은 계속 같은 곳을 돌고 있는 것 같아. 우리가 들어왔던 입구도 사라진 것 같고."

"그 말은 우리가 이 계단에 갇혔다는 거야?"

미카엘라가 눈을 크게 떴다. 신시아가 가지고 있던 지도를 펼쳤다.

"지도에 그려진 계단은 이게 전부야. 그리고 이 계단과 이어진 방은 여기."

지도에는 분명 계단과 이어진 방이 표시되어 있었지만 눈에 보이는 계단에는 그 어떤 문도 보이지 않았다.

"그럼 이제 어떡해야 하는 거지."

귀신이나 마녀만큼 끝이 없는 계단에 갇혀 버린 것도 무서운 일이었다. 위도, 아래도 답이 보이지 않았다. 조금 기대 쉬려는 마음으로 미카엘라가 벽을 손으로 짚었다.

텅!

벽에서 이상한 소리가 들렸다. 미카엘라가 그쪽을 바라보았다. 잠깐 고개를 갸웃거리던 미카엘라가 이번엔 마치 노크라도 하는 것처럼 손가락을 세워 벽을 두드렸다. 아까와 비슷한 속이 텅 빈 소리가 났다.

"왜 그래?"

"여기 소리가 이상해. 꼭 뒤가 비어 있는 것 같단 말이지."

신시아의 물음에 대답한 미카엘라는 더 깊게 생각할 틈도 없이 옷소매를 걷어붙였다. 옆에서 있던 리가 곧바로 자신의 겉옷을 미카엘라에게 건네주었다. 그 옷을 재빠르게 오른손에 둘둘 감은 미카엘라가 살짝 뒤를 보곤 외쳤다.

"다들 조심해!"

외치는 것과 동시에 커다랗게 팔을 휘둘렀다.

쾅!

미카엘라의 주먹이 벽과 맞부딪혔다.

"한 번 더!"

콰앙!

이번엔 뭔가 부서지는 소리가 함께 들렸다. 미카엘라의 주먹이 닿은 부분이 뻥 뚫리고 위아래로 금이 갔다. 모두 입을 벌리고 그쪽을 바라보았다. 금이 간 벽 사이에 뭔가가 언뜻 보였다. 좀 더 구멍을 넓힌 미카엘라가 바로 검을 들어 올려 벽 쪽을 비췄다.

짙은 어둠 속에 잠겨 있던 공간이 모습을 드러냈다.

화르륵.

안으로 들어서자마자 가까운 쪽부터 차례대로 벽의 등불에 저절로 불이 붙었다. 벽을 타고 한 바퀴를 돌아 불이 전부 켜지자 반짝임이 어둠을 밀어냈다. 그러자 누구랄 것 없이 동시에 탄성이 터져 나왔다.

"우아!"

미카엘라가 고개를 젖혔다. 돔 모양의 높은 천장은 짙은 군청색이었고 아치 모양으로 천장을 받치고 있는 커다란 기둥들은 모랫빛이었다. 기둥에는 기하학적인 모양들이 새겨져 있었고 넓은 홀의 바닥은 에메랄드 빛 타일이 둥근 호선을 따라 열 맞춰 깔려 있었다. 그건 마치 파문이 치는 깊은 호수처럼 보였다.

미카엘라가 홀 안으로 한 걸음 들어가자 타일에 반사된 빛과 미카엘라의 그림자가 잔물결처럼 반짝였다. 그걸 본 유진이 중얼거렸다.

"바다와 하늘……."

에메랄드 빛 바닥은 바다, 군청색 천장은 하늘처럼 보였다. 그사이에 있다는 자체만으로 장엄함이 느껴졌다. 일렁이는 불빛 아래, 아주 오랫동안 고요함에 잠긴 이야기의 한 페이지를 펼친 기분이었다.

"브링턴 아카데미 안에 이런 곳이 있다니."

유진이 믿을 수 없다는 듯 멍한 목소리로 중얼거렸다. 이곳에서 8년이나 있었건만 여기에 이런 공간이 숨어 있을 줄은 상상도 못했다.

가장 먼저 들어선 미카엘라가 홀의 가운데 우뚝 선 섬처럼 보이는 커다란 테이블 쪽에 다가섰다. 짙은 고동빛 테이블은 둥그렇고 척 봐도 누군가 아주 오랫동안 사용한 흔적이 남아 있었다. 그 주변으로는 열세 개의 의자가 놓여 있었다. 그리고 의자마다 희미하게 이니셜 같은 문자가 적혀 있었다.

"호랑이, 사자, 독수리와 곰, 여우와 오소리……."

각각의 의자에 조각된 동물들을 읊던 미카엘라가 고개를 들어 신시아 쪽을 바라보았다. 신시아 역시 뭔가 알아챈 얼굴이었다.

"그거 어디서 많이 들어 본 동물들이잖아."

신시아의 말에 미카엘라가 고개를 끄덕였다. 그 동물들은 열두 기사를 상징하는 동물이었다. 헨리 경을 옆에서 보필했다는 기사들.

"그렇다면 이건……."

펜싱부가 존경해 마지않는 열두 기사들이 사용했던 테이블을 눈앞에 두고 있다고 생각하니 미카엘라의 팔에 소름이 돋았다.

"그럼 여긴 헨리 경과 그의 기사들이 사용했던 방이라는 건가?"

유진이 테이블 위에 잔뜩 쌓인 두루마리 책들과 양피지들을 바라보며 물었다.

"아마도 그렇지 않을까요. 헨리 경은 에메랄드 숲에서 나쁜 것들을 봉인하고선 브링턴을 자신의 성으로 삼았어요. 그렇다면 이곳이 그 옛날 헨리 경과 그를 보필한 열두 기사들이 모였던 곳일 확률이 높겠죠."

미카엘라가 대답하자 리가 믿을 수 없다는 듯 눈을 깜박였다.

"우리가 헨리 경의 방에 들어오다니. 이거 완전 전설 속에 들어온 기분이야……."

그건 옆에 있는 미카엘라도 마찬가지였다. 카밀라가 왜 그렇게 전설을 모으고 다녔는지 이제야 조금 알 것 같았다.

'카밀라는 전설을 모으면서 늘 이런 기분을 느꼈던 걸까.'

이야기는 입에서 입으로 전해진다. 아무리 재밌는 이야기도 사람들이 더 이상 봐 주지 않으면 그대로 끝이었다. 미카엘라가 지금 이 자리에 서 있을 수 있는 것도 《전설 대백과》가 있었기 때문이었다. 지금까지 브링턴의 전설을 모아 둔 대백과가 없었다면 이런 경험은 해 보지도 못했을 것이다. 미카엘라는 카밀라를 둘러싼 세계 한 쪽을 엿본 기분이었다.

"여기가 헨리 경이 썼던 방이라는 건 알겠어. 그럼 카밀라와 마녀는 어디서 찾지?"

신시아가 물었다.

"우리도 여기까지 찾아왔잖아? 그리고 카밀라가 또 다른 힌트를 남겨 놓지 않았을까?"

미카엘라가 신시아 옆으로 다가와 양피지 안에 쓰인 것을 바라보며 말했다. 양피지에는 알아볼 수 없는 복잡한 수식과 그림들뿐이었다. 그림 옆에 쓰인 깔끔한 글씨체는 카밀라의 것과 닮아 있었다. 그림을 한참 들여다보던 미카엘라가 고개를 갸웃거리며 말했다.

"뭔가 풀이나 꽃에 대한 내용인 것 같지 않아?"

글자는 읽을 수 없었지만 뿌리부터 열매까지 자세하게 그려진 그림이며 말린 나뭇잎이나 꽃들이 붙어 있는 걸 봐서는 그 말이 맞는 듯했다.

리가 한번 줘 보라는 듯 손짓했다. 신시아가 넘긴 양피지를 꼼꼼히 들여다본 리가 단언하듯 말했다.

"약초학에 관한 거야. 봐, 여기 옆에 숫자가 써져 있잖아? 이건 아마 이 약을 만드는 데 들어가는 약초의 양을 적은 걸 거야."

"리가 하는 말이라면 믿을 수 있지. 꽃과 식물에 대해서라면 우리 중에서 가장 해박하니까."

유진의 말에 나머지 아이들이 고개를 끄덕였다.

"그렇다면 이건, 헨리 경이 샐버리 마을에서 전염병을 몰아냈을 때 사용했던 약을 만드는 법일지도 모르겠네?"

유진이 이어서 묻자 리가 대답했다.

"역사 속에선 기적의 검이 전염병을 낫게 했다고 하지만 그건 부풀려진 전설일 가능성이 높아. 실제로는 이렇게 약을 만들어서 그걸 돌렸겠지. 기적의 검은 환자들의 마음을 긍정적으로 만들어서 좀 더 약효를 높여 주는 역할이었을 거야."

리의 말은 일리가 있었다. 테이블 위의 책들을 뒤지던 유진이 뭔가를 찾아냈는지 아이들을 불렀다.

"이것 좀 봐."

작은 약사발 하나를 유진이 집어 들었다. 그 안엔 짓이긴 열매와 잎사귀들이 남아 있었다. 리가 곧장 유진에게 사발을 받아 안을 살폈다.

"구스베리와 단풍나무 액, 히숍 풀……."

몇 개를 더 살펴보던 리가 고개를 들었다. 초콜릿색 눈동자가 가늘게 흔들렸다.

"왜 그래, 리?"

미카엘라의 물음에 리가 대답했다.

"이건 카밀라가 가져간 것들이야."

"뭐라고, 카밀라가 가져간 거라니? 그게 무슨 말이야?"

리가 살짝 눈썹을 찌푸리곤 대답했다.

"어제 저녁에 크리스털 궁전까지 카밀라가 찾아왔었어. 갑자기 나한테 몇 가지 식물을 구해 줄 수 있겠느냐고 물어봐서 가지고 있던 것 몇 개를 줬어. 지금 여기에 있는 게 전부 어제 카밀라가 부탁했던 거랑 똑같은 것들이야."

"그 말은 카밀라가 이미 헨리 경의 처방전에 대해 알고 있었다는 거야? 대체 어떻게?"

"그건 내가 대답해 줄 수 있을 것 같아."

신시아가 말했다.

"마녀에 대한 소문이 퍼지기 전에 「소곤소곤」 란을 통해 이상한 쪽지가 들어온 적이 있어. 마법의 약을 만드는 방법이었나? 난 슬쩍 보고 지나쳤는데 카밀라가 이상하게 관심을 보였었어. 그리고 거기에 적혀 있었던 게 바로 이거."

아이들의 시선이 부딪쳤다. 미카엘라가 얼른 사발 안을 손가락으로 한 번 훑었다.

"오래된 건 아니야! 마르긴 했지만 축축함이 남아 있어!"

"그렇다면 카밀라가 여기 와서 이걸 만든 것도 얼마 되진 않았다는 이야기네."

"마녀에게 홀려서 대체 무슨 일을 벌이고 다니는 거야, 카밀라……."

미카엘라는 불안한 마음이 들었다.

카밀라는 마녀에 대해서도 헨리 경에 대해서도 가장 잘 알고 있는 사람이었다. 카밀라의 머릿속에 있는 지식들을 이용한다면 마녀는 더 큰 사건을 일으킬 수도 있었다.

"카밀라는 이걸 어디에 어떻게 사용한 걸까?"

신시아가 주변을 살폈지만 약을 제조하면서 흘린 건지 테이블 위에 약 방울들이 튀어 있는 것을 빼면 다른 흔적들은 보이지 않았다. 신시아가 무심코 손으로 테이블 위를 닦아 냈다.

"어? 저것 봐!"

동시에 미카엘라가 천장을 가리켰다. 아이들이 동시에 바라보았다.

군청색 천장이 천천히 움직였다. 마치 슬라이드가 넘어가는 것처럼. 움직이는 천장의 한 귀퉁이로 금박을 입힌 별들이 떠올랐다. 별들은 천천히 각자의 궤적을 그리며 움직였다. 마치 밤하늘을 한 조각 뚝떼서 이곳에 펼쳐 놓은 듯한 모습이었다. 옆에서 리가 놀란 마음을 억누른 채 작은 목소리로 말했다.

"이런 광경은 처음이야. 움직이는 천장이라니!"

유진 역시 엄청나다는 듯 혀를 내둘렀다.

"헨리 경 시대 기술로 이런 건축물을 만들어 냈다고? 정말 말도 안돼."

금박 별들이 불빛에 반짝반짝 빛났다. 그걸 멍하니 바라보던 신시아의 눈이 커졌다. 그러더니 별들의 움직임을 손가락으로 추적했다. 미카엘라가 물었다.

"뭐 하는 거야?"

"잠깐만."

미카엘라의 말을 막은 신시아가 허공에 뭔가를 써 내려가며 계산을 시작했다. 그러더니 곧 테이블 위에 잔뜩 쌓인 두루마리들을 손으로 밀어 버렸다. 두루마리들이 바닥에 우르르 떨어졌다. 그동안 가려져 있던 테이블이 훤히 드러났다.

미카엘라의 눈이 커졌다. 테이블 위에는 하얀색 점들이 점점이 찍혀 있었다. 누군가 일부러 점들을 여기에 새겨 놓은 게 분명했다.

"이건 대체 뭐지?"

미카엘라의 물음에 신시아가 대답했다.

"지도."

생각지도 못한 대답에 미카엘라가 되물었다.

"이 점들이 지도라고?"

"응. 별자리 지도야. 이거 봐. 딱 테이블의 반절에만 그려져 있어."

신시아가 위를 가리켰다. 동쪽에서 서쪽으로 움직이던 천장은 이제 정 가운데 멈춰 서 있었다. 그리고 테이블엔 그 별들이 있는 위치와 똑같은 자리에 하얀색 점이 박혀 있었다. 커다란 별은 테이블 위에도 큰 점으로, 작은 별은 작은 점으로……

신시아가 비어 있는 테이블의 절반을 노려보았다.

"아까 그 약 방울들은 약을 흘린 자국이 아니었어."

미카엘라가 그 말의 뜻을 묻기도 전에 신시아가 반쯤 지워진 약물 자국을 가리키며 말했다.

"아까 내가 무심코 테이블 위의 자국 몇 개를 지웠거든. 그런데 내가 모르고 지웠던 자국들이 사실 카밀라가 별들의 위치를 다 계산해서 그려 넣은 거였다고!"

신시아의 말에 미카엘라가 얼른 천장을 올려다보았다. 반쯤 지워져 있었지만 남아 있는 자국들은 분명히 각각 천장에 있는 별들의 자리와 대칭이었다. 그걸 깨달은 미카엘라의 팔에 소름이 돋았다.

"정말 이건 말도 안 돼. 대체 이걸 어떻게 알아낸 거야, 신시아!"

"놀랄 시간이 없어. 굳이 이 약을 만들어서 테이블 위에 지도를 그려 낸 것도 뭔가 이유가 있을 거야. 우리도 똑같이 해야 해."

신시아의 말에 나머지 아이들이 모두 정신을 차렸다.

"새로 약을 만드는 건 나에게 맡겨. 별을 몇 개나 새로 그려야 해?"

리가 나섰다. 신시아가 재빨리 천장에 있는 별들을 셌다.

"큰 별로 세 개, 작은 별로 열다섯 개!"

"알겠어, 조금만 기다려! 금방 만들어 줄 테니까. 미카엘라, 이것 좀 도와줘!"

미카엘라가 리에게 얼른 다가가 약사발을 집어 들었다. 리가 가방 속에서 뭔가를 꺼냈다. 곱게 접힌 종이 봉지엔 재료들이 고스란히 들어 있었다. 리가 씩 웃으며 말했다.

"어제 카밀라에게 주고 남은 것들이지. 가방에 넣어 놨던 게 생각났지 뭐야."

카밀라의 이름을 듣자 아이들이 잠깐 입을 다물었다. 지금 카밀라는 어디서 뭘 하고 있을지 걱정이 들었다. 그렇기에 더욱 지금 시간을 지체할 수는 없었다.

"자, 얼른 만들자!"

리가 얼른 약사발 안에 종이 봉지의 내용물을 털어 넣고 빠르게 짓이겼다. 곧 걸쭉한 액체가 나오기 시작했다. 신시아가 별자리들의 위치를 테이블 위에 찍었고, 유진이 약으로 만든 잉크로 신시아가 찍은 자리마다 원을 그리기 시작했다. 생각보다 시간이 드는 작업이었다.

별들이 곧 천천히 움직이기 시작했다. 신시아가 계속해서 별들이 이지러지는 각도와 거리를 계산해서 테이블 위에 위치를 지정했다. 유진도 재빨리 그 자리에 그림을 그렸다.

"약이 조금 더 필요해!"

"일단 표시부터 하고 있어! 금방 만들게!"

집중한 신시아의 눈썹이 가늘게 떨렸다. 리가 가지고 있던 재료들이 얼마 되지 않아서 하나라도 잘못 그렸다간 별자리 지도를 완성할 수 없기 때문이었다. 마지막 별을 그릴 자리를 몇 번이고 계산한 신시아가 숨을 멈추고 테이블 위에 손가락을 짚었다. 유진이 신시아가 고른 자리에 별을 그렸다.

"이걸로 끝."

테이블 위에 별자리 지도가 완성됐다. 원래 그려져 있던 하얀 별과 유진이 새로 그린 검은 별, 그리고 그 위에 빛을 비추는 천장의 금색 별들. 세 가지 별들이 빛을 발하는 순간이었다.

열두 명의 기사

아치형의 기둥 사이로 벽이 열렸다. 그 뒤로 무언가 보였다. 새하얀 눈동자와 시선이 마주쳤다. 소름이 등골을 타고 쫙 돋았다. 가장 앞에 있던 미카엘라가 뒤로 주춤거리며 물러났다.

"마녀에게 영혼을 완전히 빼앗긴 사람들은 석상으로 변한다."

입술 사이로 그 말이 절로 흘러나왔다. 미카엘라의 연녹색 눈동자에 거대한 석상의 그림자가 드리워졌다.

새하얀 대리석으로 만들어진 석상은 보통 사람 키의 두 배는 되어 보였다. 여기에 오래도록 처박혀 있었을 게 분명한데도 먼지 하나 묻어 있지 않았다. 갑옷을 입고 검을 들고 있는 석상의 얼굴은 사자의 머리 모양이었다. 목덜미까지 덮여 있는 긴 갈기털이 움직임에 금방이라도 흩날릴 것처럼 세밀하게 조각되어 있었다.

"뭐, 뭐야……."

형형하게 빛나는 사자의 눈동자를 바라본 미카엘라가 대체 이게 무슨 상황인지 모르겠다는 듯 멍하니 섰고 그사이를 유진이 가로막았다. 사자 석상이 휘두르는 커다란 검이 미카엘라 앞을 스치고 지나갔다.

"괜찮……."

쾅!

유진의 말이 채 끝나기 전에 커다란 소리가 났다.

"뭐, 뭐야?"

또 다른 석상 하나가 바로 옆에서 등장했다.

쾅! 쾅! 쾅!

커다란 소리가 연달아 났다. 놀랄 사이도 없이 빙 둘러 있는 기둥을 따라 벽이 차례로 열렸고 열린 곳마다 석상들이 뛰쳐나왔다.

"열두 개……."

리가 중얼거렸다. 열린 문마다 나온 총 열두 개의 석상이 아이들을 노려보았다. 아무 소리도 내지 못한 채 미카엘라와 아이들이 본능적으로 가운데로 모였다. 둥그렇게 진을 치듯 점점 망을 좁혀 들어오는 석상의 손에는 날카로운 검이 들려 있었다. 숨을 들이마시던 리가 미카엘라에게 속삭였다.

"이거 열두 기사들 아냐?"

"뭐?"

미카엘라가 눈을 휘둥그레 뜨고 자신을 향해 다가오는 열두 개의 석상을 바라보았다. 호랑이, 독수리, 곰, 여우 등 석상들의 머리는 전부 동물 머리였다. 바로 열두 기사를 상징하는 동물. 그걸 확인한 미카엘라의 손이 떨렸다.

"그, 그렇다면…… 헨리 경을 보필하던 기사들마저 마녀에게 영혼을 빼앗겼다는 말이야?"

"우리를 공격하는 걸 보니 아무래도 그런 것 같아! 일단은 막는 게 우선이야!"

유진의 말에 미카엘라가 겨우 정신을 차렸다. 쿵쿵거리는 소리를 내며 가운데로 모여 오는 열두 개의 석상이 아이들을 향해 무기들을 들어 올렸다.

가장 가까이에 있던 석상이 검을 휘둘렀고 미카엘라가 겨우 옆으로 피했다. 머리칼이 조금 잘려 에메랄드 빛 바닥으로 떨어졌다.

미카엘라가 기적의 검을 들어 올렸다. 사실 무기라곤 그것밖에 없었다. 기적의 검이 밝게 빛났다. 미카엘라가 자세를 가다듬었다. 테이블 위에 있던 커다란 두루마리를 하나씩 집어 든 리와 유진이 미카엘라의 옆에 엄호를 하듯 서며 외쳤다.

"일단은 막아 보자!"

상황이 대체 어떻게 돌아가는 건지 알 수 없었지만 여기서 이유도 모른 채 당할 순 없었다. 앞에 나선 미카엘라와 리, 유진의 뒷모습을 보며 신시아가 방 안을 빠르게 훑었다. 이쪽을 향해 다가오는 열두 개의 석상이 보였다.

"열두 명의 기사와 열두 개의 석상……."

중얼거리던 신시아가 뭔가 떠올랐는지 미카엘라를 불렀다.

"미카엘라! 《전설 대백과》를 나한테 줘!"

신시아의 말에 미카엘라가 왜냐고도 묻지 않고 가방에서 대백과를 꺼내 신시아에게 던졌다.

"받아!"

대백과가 신시아의 손에 안착했다. 미카엘라가 신시아를 향해 큰 소리로 물었다.

"뭔가 떠오른 거지? 이 상황을 헤쳐 나갈 수 있는 방법 말이야!"

그 말을 들은 신시아의 파란 눈동자가 가늘게 흔들렸다. 확실하지는 않았다. 하지만 자신 없다는 말 따윈 할 수 없었다.

"해 볼게! 조금만 시간을 끌어 줘, 미카엘라!"

"응, 알겠어!"

기합이 잔뜩 들어간 대답이 돌아왔다.

신시아가 가운데에 있는 테이블에 앉아 대백과를 재빨리 넘겼다. 그러고는 굴러다니는 얇은 나무토막에다가 쓰고 남은 약사발 속의 진액을 묻혔다. 신시아는 카밀라를 떠올렸다. 지금 이 상황에서 믿을 수 있는 건 오로지 카밀라가 했던 말들뿐이었다.

"카밀라, 너만 믿는다."

신시아가 중얼거렸다.

동시에 석상들의 공격이 시작됐다. 미카엘라가 기적의 검을 들고 석상의 공격을 막아 냈고 리와 유진이 양옆을 치고 들어갔다. 커다란 두루마리를 두 손으로 잡은 채 석상의 빈 옆구리를 공격한 둘은 마치 연습이라도 한 것처럼 손발이 딱딱 맞았다.

"저쪽!"

리가 손을 들어 자신을 향해 달려오는 석상을 가리켰다. 리가 두루마리를 크게 휘둘러 석상의 시선을 끌면 그 사이를 유진이 재빠르게 공격했다. 유진이 힘차게 가격한 두루마리가 커다란 소리를 내면서 석상의 팔을 부쉈다.

그걸 본 미카엘라가 외쳤다.

"좋았어! 석상들은 지치지 않으니까 최대한 힘을 아껴! 움직임을 제약하는 방향으로 가자!"

"알았어!"

유진과 리가 큰 소리로 대답했다.

"신시아가 어떻게든 해 줄 테니까 최대한 시간을 *끄는* 방향으로!"

그런 미카엘라를 방해하려는 듯 여우 머리 석상 하나가 검을 휘둘렀다.

깡!

기적의 검과 다른 검이 맞부딪치는 소리가 났다. 거대한 석상의 힘이 고스란히 기적의 검과 미카엘라의 손에 전해졌다. 여우 머리 석상의 길쭉한 주둥이와 옆으로 쫙 째진 눈이 가까워졌다. 잔뜩 찌푸린 눈썹과 목에 도드라진 핏대까지 모두 보였다.

그때 어디선가 불어온 바람에 미카엘라의 앞머리가 흔들렸다.

"하눔비."

미카엘라의 눈동자가 커졌다. 연녹색 눈동자에 여우 석상의 일그러진 얼굴이 고스란히 비쳤다.

"뭐, 뭐라고? 지금……."

귓가를 울린 이름은…… 하눔비.

좀 더 확실한 목소리였다. 미카엘라가 커다랗게 치뜬 눈으로 바로 얼굴 앞에 있는 여우 석상을 바라보았다.

"미카엘라!"

리가 외쳤다. 그 소리에 미카엘라가 옆에 다가온 그림자를 바라보았지만 너무 늦었다. 몸을 피하려고 했지만 이미 다가온 검이 너무 가까웠다.

"위다드!"

뒤편 어디선가 신시아의 목소리가 커다랗게 울렸고 동시에 미카엘라가 눈을 크게 떴다.

"어?"

여우 석상이 연기처럼 사라졌다.

"로슈니!"

다시 한번 신시아의 목소리가 들렸고 양 머리 석상 하나가 연기처럼 사라졌다. 어안이 벙벙한 표정으로 미카엘라가 고개를 들자 저 멀리 테이블에 있던 신시아가 손을 흔드는 게 보였다. 그걸 본 미카엘라의 입가에 미소가 번졌다. 신시아가 방법을 찾아낸 것이다.

"좋았어!"

그때 나머지 열 개의 석상 중 하나가 신시아 쪽으로 돌아섰다. 그러나 몇 발자국 가지도 못해 미카엘라와 리와 유진에게 발이 묶였다. 그 사이 신시아가 재빨리 대백과의 페이지를 넘겼다. 미카엘라가 든 기적의 검이 아까보다 더 밝은 빛을 발했다.

'여기 있다!'

페이지를 넘기던 신시아는 '산을 옮긴 곰 이야기'를 찾아내곤 약을 묻힌 나뭇가지를 펜처럼 놀려 글자를 썼다. 그러고는 커다랗게 이름을 외쳤다. 그 소리가 번개처럼 내리꽂히자 이번에도 곰 머리 석상이 커다란 소리와 함께 사라졌다.

아홉, 여덟, 일곱…….

신시아가 쥔 나뭇가지가 대백과 안에 글자를 남기고 그 이름을 커다랗게 호명할 때마다 석상들이 차례로 자취를 감췄다. 그때마다 비명이 들렸다.

하지만 석상은 아직도 반절이 넘게 남아 있었다. 미카엘라가 아무리 검을 잘 쓴다고 해도 지치지 않는 체력을 가진 석상들을 전부 상대하는 건 힘들었다. 유진과 리도 지쳐 가는 게 눈에 띄었다.

신시아의 빛나는 금색 머리칼이 땀에 젖어 뺨에 달라붙었다. 마음이 급했다. 석상들과의 격렬한 접전 때문에 상들리에 몇 개가 부서졌다. 흐릿한 불빛 탓에 미카엘라가 상대하고 있는 석상이 뭔지 알아볼 수 없었다. 그때 유진이 상황을 눈치챘는지 재빨리 외쳤다.

"이번엔 거북이야!"

신시아가 놓치지 않고 얼른 대백과의 페이지를 넘겼다.

"거북이, 거북이……. 좋아, 거북손 할멈! 라흐미!"

신시아가 얼른 페이지 안에 글자를 적어 넣었고 미카엘라와 대치하고 있던 석상이 사라졌다.

이제 남아 있는 모든 석상들이 신시아를 향해 공격을 퍼부을 준비를 했다. 미카엘라와 리, 유진이 삼각형으로 신시아를 둘러쌌다.

"다음은 도마뱀!"

유진이 또다시 이름을 찾아야 할 기사를 알려 주었다. 신시아가 대백과 안에서 서둘러 찾기 시작했다.

"미카엘라, 조심해!"

석상이 휘두르는 뾰족한 가시들이 잔뜩 달린 줄이 미카엘라의 머리 위를 스쳐 지나갔다. 그 사이 유진이 석상의 다리 부분을 공격했다.

"좋아!"

쾅 하는 커다란 소리와 함께 도마뱀 머리 석상이 넘어졌다. 신시아가 대백과에 적은 이름을 커다랗게 부른 순간, 그 석상의 입에서 마지막 목소리가 흘러나왔다.

"우리의 왕이여!"

도마뱀 석상은 연기처럼 사라졌다. 다섯 개가 남았다. 대백과에 적은 이름을 신시아가 부를 때마다 석상들은 단발마를 내질렀다.

"브링턴을 위하여!"

오소리 머리 석상이 외쳤다.

미카엘라는 기묘하게도 사라지는 석상들의 표정이 시원해 보인다고 생각했다.

넷, 셋, 둘.

마지막으로 하나의 석상이 남았다. 뱀 머리였다. 미카엘라가 커다랗게 기합을 내지르며 석상을 향해 뛰어올랐다. 검과 검이 맞부딪치는 순간, 다시 한번 그 이름이 불렸다. 그리고…….

"하눔비!"

석상의 목소리에는 슬픔과 회한의 감정이 꽉꽉 들어차 있었다. 이상했다. 미카엘라는 그 이름을 듣자 뭔가 울컥하는 기분이 들었다. 어디선가 들어 본 듯한 이름이었다. 그러나 아무리 기억을 더듬어도 대체 어디서 들었는지 알 수가 없었다.

"미카엘라!"

가만히 서 있는 미카엘라의 이름을 유진이 커다랗게 불렀다.

"아!"

그제야 정신을 차린 미카엘라가 겨우 다음 자세를 취했다. 뱀 머리 석상이 미카엘라의 움직임에 맞춰 손을 휘둘렀다.

"응?"

그러나 미카엘라를 향해 뻗어 온 건 검이 아니었다. 차가운 석상의 손가락이 미카엘라의 뺨에 닿았다. 석상의 빈 눈에서 뭔가가 흘러내렸다. 그대로 아래에 떨어진 눈물이 에메랄드 바닥에 자국을 남겼다.

"하눔비, 우리의 왕이여……."

미카엘라가 뭔가 말을 하려는 순간, 이름을 불린 석상이 사라졌다. 미카엘라의 연녹색 눈동자에 텅 빈 공간만이 비춰졌다.

"미카엘라! 괜찮아?"

뒤에서 신시아가 달려오더니 놀란 얼굴로 미카엘라를 바라보았다.

"너, 지금 우는 거야?"

"으응?"

뺨을 닦자 손가락에 눈물이 축축하게 묻어 나왔다. 그제야 미카엘라는 자신이 울고 있다는 것을 깨달았다. 이유는 알 수 없었다. 에메랄드 타일이 깔린 바닥엔 석상이 흘렸던 눈물 자국이 확실하게 남아 있었다.

"하눔비……."

"응? 미카엘라, 지금 뭐라고 한 거야?"

신시아의 물음에 미카엘라가 대답했다.

"기사들이 계속 그랬어! 하눔비라고. 어디서 들어 본 것 같은데……."

"하눔비라면 아까 우리가 봤던 이름 중 하나잖아!"

"봤다고?"

"그래, 계단의 난간에서 말이야! 거기에 적혀 있던 이름들 중 가장 처음 쓰여 있던 이름이었어."

그제야 미카엘라가 기억났다는 표정을 지었다.

"그, 그럼 하눔비도 열두 기사인 건가?"

"아니야. 이미 열두 명의 이름은 내가 대백과에 다 적었지만 그 이름은 없었어."

"이름을 적었다고? 그게 석상들을 사라지게 만든 방법이야, 신시아?"

신시아가 맞다는 듯 고개를 끄덕였다.

"카밀라가 알려 준 게 있었어."

신시아가 눈을 깜박였다. 「소곤소곤」 란에 들어온 쪽지들을 하나씩 살피며 카밀라가 했던 말이 생생하게 떠올랐다.

마녀의
저주를 푸는 법

"사실 저주를 푸는 방법이 있긴 해."

카밀라의 말에 옆에 있던 신시아가 바로 고개를 들었다. 브링턴 안에 마녀와 저주에 대한 이야기가 파다하게 넘치는 지금, 저주를 풀 수 있는 방법이 있다는 건 정신이 확 드는 이야기였다.

"저주를 푸는 방법이 있다고? 정말?"

"《전설 대백과》에 따르면 저주를 푸는 방법은 하나. 자신의 이름을 되찾는 것."

신시아가 쪽지를 손에 든 채 이해할 수 없다는 듯 눈썹을 찌푸렸다. 카밀라가 말을 이었다.

"마녀에게 홀려 자기 자신을 전부 잃어버리기 전에 그 사람의 이름을 불러 주면 저주에서 풀릴 수 있다는 말씀."

"뭐야, 그럼 이름을 되찾으면 되는 거야? 어려운 건 아니네!"

"음, 생각해 보자. 만약 누군가가 이름을 잃어버렸다면?"

"이름을 잃어버렸다고?"

"그래, 자기 이름을 아는 사람들이 모두 죽고 어디에도 자기 이름이 남아 있지 않다면? 마녀에게 홀린 채 그렇게 죽지도 살지도 못하는 사람들이 있다면?"

카밀라가 대백과의 한 페이지를 펼쳤다. 거기엔 다른 페이지와 다르게 한 줄이 통째로 비어 있었다.

"대백과에는 이름이 전해지지 않는 전설이 좀 있어. 아마 전설을 채집하긴 했지만 맞는 이름까진 찾아내지 못한 경우겠지. 이런 전설엔 공통점이 있어."

"대체 뭔데?"

"전부 영웅 이야기라는 점. 평범했던 주인공이 누군가를 만나 자신이 가진 특별한 재능을 깨닫고 브링턴과 샐버리 마을을 위해 좋은 일을 하는 내용이야."

"너무 좋은 내용인데?"

"하지만 끝이 이상해. 영웅 이야기라면 마지막에 '행복하게 오래오래 살았답니다.'라는 식으로 끝나는 게 보통인데 이건 모두 끝이 흐지부지해. 영웅이 사라지거나 여행을 떠나거나, 그것도 아니라면 이야기가 아주 엉뚱한 곳에서 끊겨 버리지. 어쩌면……."

카밀라가 말끝을 흐리며 신시아를 바라보았다. 신시아는 카밀라의 뜻을 금방 알 수 있었다. 이렇게 대백과 속에 이름 없이 적힌 영웅들이 사실 마녀에게 홀린 피해자들은 아닐까…….

신시아가 입을 열었다.

"어쩌면 여기 적힌 영웅들은 아직까지도 마녀의 저주에 걸려 브링턴 아카데미 어딘가를 배회하고 있겠네."

"한둘이 아니야. 총 열두 개의 이야기에 이름이 없어."

"열두 명의 피해자라. 그럼 전설 속 비어 있는 이름을 찾아내면 그 사람들은 마녀에게서 벗어날 수 있는 거야?"

"아마도……. 너무 오래전에 마녀에게 당했으니까 다시 살아나거나 하지는 못하겠지만."

"이름을 되찾아 주어야 한다라……."

신시아는 자신이 적은 대백과 속의 이름들을 바라보았다.

카밀라가 말했던 열두 개의 전설, 그리고 열두 개의 석상. 신시아가 아이들에게 카밀라가 했던 이야기를 짧게 설명해 주었다. 그 말을 들은 미카엘라가 눈을 커다랗게 떴다.

"그, 그럼 신시아 네가 기사들의 이름을 되찾아 주었다는 거야?"

"그래."

"어떻게?"

"아까 우리가 본 하눔비의 이름이 씌어 있던 계단 위의 이름들 있잖아. 그 열두 개 이름의 이니셜이 테이블 옆 의자에 하나씩 새겨져 있던 걸 봤어."

테이블 옆으로 동그랗게 놓여 있는 의자를 자세히 보니 거기엔 기사를 상징하는 동물만이 아니라 이니셜이 하나씩 적혀 있었다.

"난간에 이름이 적혀 있다면 뭔가 이유가 있을 거라고 생각했어. 그래서 기억해 두고 있었는데 마침 의자에 그 이름과 맞는 이니셜들이 적혀 있잖아. 이름을 이니셜과 하나씩 맞추고 거기에 맞는 동물이 등장하는 전설을 찾아내느라 시간이 좀 걸렸어. 좀 더 빨리 알아차렸어야 했는데……."

"그게 무슨 말이야! 신시아, 네가 아니었다면 우린 모두 여기서 빠져나가지 못했을 거라고."

미카엘라가 신시아를 끌어안았다. 리와 유진 역시 신시아의 어깨를 감싸 안았다.

"우리 중 누가 그걸 다 기억할 수 있겠어. 고마워, 신시아."

이제야 겨우 긴장이 풀린 듯 신시아가 미소를 내보였다.

"카밀라가 했던 말을 잊지 않은 게 다행이었지. 그게 아니었다면 아무리 이름을 알았어도 대백과 안에 적어 넣을 생각은 하지도 못했을 테니까."

"결국 열두 기사들이 마녀에게 이름을 빼앗긴 전설 속 열두 영웅이 었다는 거네?"

유진의 말에 미카엘라가 아, 하는 소리를 냈다.

"아까 기사들이 우리를 공격한 것도 마녀에게 영혼을 빼앗겼기 때문인 거야?"

"아마 그렇지 않을까? 헨리 경이 마녀와 싸웠다면 열두 기사들도 그걸 도왔을 거야. 영혼을 빼앗겼다면 그때였겠지."

"정말 말도 안 돼! 기사들의 영혼을 빼앗은 걸로 모자라 지금까지 이렇게 제멋대로 부리다니!"

미카엘라의 목소리엔 분노가 가득 담겨 있었다. 신시아가 미카엘라의 어깨를 감쌌다.

"그래도 이젠 이름을 되찾았잖아. 대백과에 따르면 기사들의 영혼은 이제 편안히 쉴 수 있어."

"그, 그런 거야? 정말로?"

"응. 석상으로 굳어 있던 것 자체가 저주나 다름없으니까. 지금까지 마녀에게 조종당한 것만으로도 충분히 힘들었을 거야."

신시아가 차분하게 대답했다.

"그래서 사라지는 석상의 얼굴들이 시원해 보였던 거구나. 정말 다행이야, 정말로……."

미카엘라가 커다랗게 안도의 숨을 내쉬고는 다음 말을 이었다.

"그럼 석상이 마지막으로 했던 말은 대체 뭐지? 계속해서 하눔비를 부르던걸?"

"하눔비를?"

"응, 분명히 그 이름이었어. 게다가 마지막 석상은 하눔비를 '우리의 왕'이라고 불렀다고!"

신시아가 고개를 갸웃거리며 말했다.

"뭔가 이상한데. 열두 기사의 왕은 단 한 명, 헨리 경뿐이잖아. 그런데 기사들이 하눔비를 '왕'이라고 칭하다니. 물론 열두 기사의 이름과 함께 적혀 있던 이름이니까 뭔가 관련이 있을 거라곤 생각했지만……. 헨리 경 말고 또 다른 왕이 있었던가, 리?"

신시아의 물음에 리가 눈썹을 찌푸렸다. 잠깐 생각하던 리가 고개를 좌우로 흔들었다.

"샐버리 마을과 브링턴에 왕으로 불렸던 사람은 오로지 헨리 경뿐이야. 나머지는 지도자나 수장으로 불리긴 했지만 왕이라는 칭호를 쓴 적은 없어."

"그럼 하눔비도 헨리 경을 도왔던 사람의 이름일까? 하지만 그래도 왕이라는 칭호는 이해가 되지 않아."

신시아가 중얼거렸다.

"하눔비도 마녀의 저주에 걸려 석상이 되어 버린 사람들 중 하나일 수 있어. 열두 기사들의 석상이 전부 여기에 있었으니 정말 그렇다면 하눔비의 석상도 멀리 있지는 않을 거야."

미카엘라가 입을 열었다. 궁금증이 일었다.

"무려 열두 기사까지 저주를 받았다니. 대체 마녀에게 얼마나 많은 사람들이 당했다는 거야?"

"《전설 대백과》에는 총 이백이십육 개의 전설이 수록되어 있지. 그 중 브링턴의 마녀에 대한 전설을 뺀다면 이백이십오 개. 그중 이름 없는 기사들에 대한 전설이 열두 개. 그렇다면 남은 이백십삼 개의 전설들은 어쩌면……"

신시아의 말에 섬뜩한 기분이 팔을 타고 올라왔다. 미카엘라가 신시아의 손에 들린 대백과를 한 번 바라보았다. 저 안에 적힌 모든 전설이 마녀와 관련 있는 거라면? 그건 이 브링턴 안에 이백십삼 개의 석상들이 남아 있다는 이야기였다.

"헨리 경을 도와 샐버리 마을을 세우고 브링턴을 지켰던 열두 기사들마저도 마녀에게 당해 이런 곳에서 몇백 년 동안이나 영혼을 빼앗긴 채 있어야 했어. 평범한 사람들은 대체 마녀에게 얼마나 더 잔인하게 이용당한 채 석상이 되었을까."

미카엘라의 말에 유진이 깊은 숨을 내쉬었다. 그것만으로도 충분히 아이들이 지금 어떤 감정을 느끼는지 알 수 있었다. 신시아가 조용한 목소리로 말했다.

"하눔비를 찾으면 분명 뭔가 더 알 수 있을 거야. 왜 열두 기사가 하눔비를 왕이라고 불렀는지, 또 이《전설 대백과》에 실린 다른 사람들이 어떻게 되었는지도."

"브링턴에서 살던 평범한 사람들의 영혼까지 모조리 빼앗아 간 거라면 마녀를 절대 용서할 수 없어. 카밀라만이 아니라 나머지 사람들도 모두 구해 낼 거야. 아무 잘못도 없는 사람들이 몇백 년이나 석상이 되어 갇힌 채 영혼을 빼앗겼다는 걸 그대로 지나칠 순 없잖아."

미카엘라가 단호하게 말했다.

"그렇다면 문제는 이다음에 어디로 가야 하는……"

신시아의 말이 끊겼다.

뒤에서부터 축축한 공기가 불어왔다. 차가운 기운이 발목을 타고 올랐다. 신시아가 슬쩍 자신의 뒤를 바라보았다. 석상들이 나왔던 문들로 누군가 들어오는 것 같았다.

이 소리는 뭐지?
기분 탓이겠지?

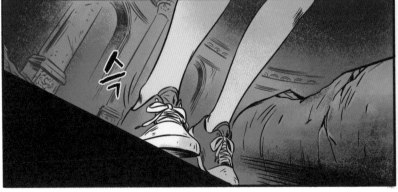

브링턴 사람들의
이야기

휘익.

신시아와 미카엘라의 시선이 둘 사이의 빈 공간을 향했다. 분명 눈에는 아무것도 보이지 않았지만 느껴지는 게 있었다.

보이지 않는 누군가 둘 사이를 지나가는 것처럼 바람이 일었다. 스치는 옷자락과 흩날린 머리칼, 뜨거운 숨결까지 고스란히 느껴졌다.

미카엘라가 입술을 달싹였지만 목소리는 나오지 않았다. 많은 사람들이 여기로 들어왔다는 걸 알 수 있었다. 좁은 곳에 사람들이 가득 찼을 때 내뿜는 열기가 사방에서 전해졌다.

"우, 움직인다."

유진이 작은 목소리로 속삭였다. 부서진 샹들리에의 불빛이 흔들렸다. 마치 누가 옆에 있는 것처럼.

"으아앙!"

어디서 아기가 우는 소리가 들렸다. 또 그걸 달래는 목소리도 들렸다. 누군가 테이블 위로 올라가는 소리가 났다. 신시아가 놔두었던 약사발이 달그락거렸다.

미카엘라와 아이들은 숨을 죽였다. 지금 자신들의 가까이에서 아주 중요한 일이 펼쳐지고 있다는 걸 직감했기 때문이었다. 테이블에 올라선 보이지 않는 누군가가 숨을 크게 들이쉬는 소리가 들렸다.

눈을 감으면 그 모습이 그려질 것만 같았다. 거대한 방 안에 가득서 있는 사람들. 무슨 일인지는 몰라도 모두 다급하고 거친 숨을 내쉬고 있다. 테이블 위에 올라선 누군가가 외쳤다.

"여러분."

귀에 확 꽂히는 목소리였다. 그리 크진 않았지만 높은 천장을 꽉 울릴 만한 힘을 가지고 있었다. 미카엘라는 숨을 죽였다.

"오늘 밤 우리 일족은 브링턴과 에메랄드 숲을 버리고 떠나야 합니다."

브링턴과 에메랄드 숲. 미카엘라는 보이지 않는 자들이 하는 이야기가 헨리 경과 마녀와 관련되어 있다는 걸 직감했다.

"저 자들은 우리의 모든 것을 빼앗아 갈 겁니다. 이미 샐버리 마을은 그들의 손아귀에 들어갔어요."

이야기를 듣던 미카엘라가 고개를 갸웃거렸다.

"우리가 이곳을 버리고 대체 어디로 갈 수 있지?"

울분에 찬 목소리로 물음이 나오자 사방에서 한숨과 울음소리가 터져 나왔다.

"어디로든 가야 합니다. 그들은 우리와 공생하지 않습니다. 그들에겐 피와 정복뿐입니다. 호수를 건너 강으로 갑시다. 강을 따라 쭉 이동하다 보면 분명 살기 마땅한 곳이 나올 겁니다."

테이블 위의 목소리는 담담했지만 차가운 분노가 깃들어 있었다.

"자, 이제 시간이 없습니다. 스타우프와 기마병들은 이미 에메랄드 숲까지 당도했을 겁니다."

스타우프. 그 단어가 미카엘라의 귀에 콱 박혔다. 머리를 한 대 세게 맞은 것 같은 기분이 들었다. 발밑이 어질어질했다.

'스타우프, 헨리 스타우프? 브링턴에 사는 사람들을 공격한 게 마녀가 아니라 헨리 경이라고?'

이게 대체 무슨 상황인지 납득할 수 없었다. 미카엘라가 신시아를 바라보았지만 신시아 역시 얼이 빠진 표정이었다. 리와 유진도 비슷한 상황이었다.

"스타우프라니. 그건……."

112

"말도 안 돼. 대체 왜."

아이들의 말은 더 이어지지 못했다. 미카엘라의 목소리가 들려오는 사람들의 웅성거림에 먹혀 버렸다. 바스락거리는 옷자락 소리와 사람들이 자리를 잡고 앉는 소리가 들렸다.

'바람 소리?'

미카엘라가 귀를 기울였다. 바람 소리 같은 것이 점차 커졌다.

'아니, 바람이 아니야.'

미카엘라는 곧 그게 노랫소리라는 걸 깨달았다.

에메랄드 숲이여, 우리를 보호하소서.

별들의 인도하심으로. 하눔비와 열두 기사의 이름으로.

우리에게 새로운 세계를, 새로운 세계를, 새로운 세계를.

작았던 목소리들이 모여서 커다란 노래를 만들었다. 돌림 노래 같았던 노래가 마지막 부분에 다다라 합쳐졌다. 노랫소리가 높은 천장을 타고 울렸다.

신시아가 어, 하는 소리를 내며 손을 들었다. 천장의 금색 별들이 아래로 떨어졌다. 떨어진 별똥별은 테이블에 그려 놓은 별자리 지도에 가서 박혔다. 유진이 그려 놓은 곳에 정확히 꽂힌 별들이 눈부신 빛을 발했다.

발밑에서부터 뭔가 흔들리는 느낌이 들었다. 반사적으로 서로의 손을 잡은 미카엘라와 아이들이 주변을 살폈다.

"방이, 아래로 내려가는 것 같은데?"

노랫소리와 진동이 한꺼번에 멈췄다. 다시 한번 발소리가 났다.

"어디로 가는 거지?"

미카엘라가 작은 목소리로 물었다. 멀어지는 발소리를 따라 아이들이 자리에서 일어나 움직였다. 지금 이 소리를 놓치면 안 될 것 같았다. 귀를 쫑긋 세운 미카엘라가 조용히 발소리를 따라갔다.

휘잉.

바람에 미카엘라의 머리칼이 흩날렸다. 눈을 들어 바람이 부는 곳을 바라보니 열두 기사의 석상이 나왔던 벽 사이로 긴 굴이 보였다. 바람은 거기서부터 불어오고 있었고 발소리는 그 굴을 따라 길게 사라지고 있었다.

"저건 지하 동굴인 것 같은데."

미카엘라의 뒤에서 유진이 말했다. 길게 이어진 굴 안을 바라보던 신시아가 입을 열었다.

"아무래도 아까 방이 움직이면서 엘리베이터처럼 아래로 내려온 거 같아. 지하에선 열두 개의 문이 각각 지하 동굴과 연결되어 있나 봐."

"이런 걸 원래 브링턴과 에메랄드 숲에 살던 사람들이 만들었다는 거지? 헨리 경이 샐버리 마을에 도착하기도 전에 말이야."

미카엘라가 입술을 깨물었다. 뭔가 이상했다. 헨리 경이 샐버리 마을에 도착한 다음에 했던 일들은 모두 마을을 더 낫게 하기 위해 했던 사업들이었다. 그런 헨리 경이 굳이 브링턴에 사는 사람들을 공격할 이유가 없었다.

'하지만……'

헨리 경이 공격해 올 거라고 말하던 힘 있는 목소리가 귓가에 계속 맴돌았다. 머리가 아파 왔다.

'마녀와 헨리 경과 브링턴, 열두 기사와 하눔비……'

여러 생각이 쪼개진 퍼즐처럼 머릿속에서 이리저리 퍼졌다. 조각을 어떻게 맞춰야 완성된 그림이 나올지 영 감이 잡히지 않았다. 마녀의 전설에서 시작한 이야기가 끝을 알 수 없게 변하고 말았다.

'카밀라도 이걸 알아낸 걸까? 그래서 헨리 경과 마녀의 전설에 대해서 좀 더 파 보아야 한다고 생각한 걸까?'

미카엘라가 원래 알고 있던 헨리 경의 이야기와 지금 펼쳐진 내용은 그 양상이 아주 달랐다. 샐버리 마을을 부흥시키고 영웅이 된 헨리 경과 브링턴을 공격하고 사람들을 쫓아낸 헨리 경. 대체 어떤 게 진실인지 알 수가 없었다.

'그렇다면 마녀는?'

마녀는 브링턴에 살고 있었다. 그렇다면 여기서 살았던 사람들과 마녀는 어떤 식으로든 서로 알고 있었을 게 분명했다. 하지만 사람들의 이야기 속에서 마녀는 나오지 않았다. 만약 마녀가 헨리 경만큼 위험한 존재라면 분명 언급이 되었을 게 분명했다. 게다가 마녀가 그들을 석상으로 만들어 영혼을 빼앗았다면 더더욱.

'역사 속엔 기록되지 않은 헨리 경의 이야기가 있듯이 마녀에게도 전설로 남아 있지 않은 또 다른 이야기가 있는 걸까?'

열두 기사의 석상을 봤을 때만 해도 미카엘라는 마녀가 이 모든 사건의 주범이라고 생각했다. 하지만 이젠 알 수가 없었다. 바람이 불어오는 긴 굴을 미카엘라가 가만히 바라보았다.

'카밀라, 넌 어디 있는 거야? 정말로 마녀에게 영혼을 빼앗겨 굳어 버린 거야?'

대답 대신 멀어지는 발소리만이 굴 안에 울려 퍼졌다.

"이 지하 동굴은 확실히 헨리 경 이전 시대에 만들어진 거야."

동굴 입구를 살피며 리가 말했다. 신시아가 지도를 꺼내 살폈다.

"지금 여기가 이쯤이니까…… 아무래도 이 선들이 지하 동굴인 것 같은데."

신시아의 손가락 끝이 지도를 가로질렀다. 다시 보니 이 동굴은 브링턴의 한가운데 자리하고 있었다. 현재 아카데미로 쓰이는 브링턴의 건물들은 전체 부지에서 동쪽으로 치우쳐 있었기에 지금의 도서관이 자리한 곳이 브링턴 교내의 정중앙이었다. 그 아래, 숨겨진 방에서 시작된 열두 개의 선들이 브링턴의 사방으로 쭉 뻗어 있었다. 하지만 어디까지 이어져 있는지는 나오지 않았다.

"아무래도 이건 옛날에 쓰던 수도관 시설인 것 같은데."

리가 동굴의 바닥 쪽을 가리켰다. 돌로 만든 바닥엔 깊은 홈이 파여 있었다. 아주 조금씩 아래로 기울어진 바닥은 빗물이 자연스럽게 아래로 흐르도록 설계되어 있었다.

"브링턴 바깥으로 몰래 도망치기에 이것보다 더 좋은 선택은 없었겠지."

리가 계속해서 말했다.

미카엘라가 어둠 속으로 이어진 좁은 굴을 바라보다가 허리에 찬 기적의 검을 들어 올렸다. 그러자 검에서 뿜어져 나온 찬란한 빛이 열두 개의 동굴 중 하나를 향해 정확히 뻗어 나갔다.

"아!"

아이들이 모두 빛을 바라보았다. 기적의 검이 뜻하는 건 확실했다. 미카엘라가 뒤에 선 아이들을 바라보았다.

"어때, 기적의 검을 믿어 볼까?"

"그 방법밖에는 없을 것 같아. 열두 개의 동굴을 다 살펴볼 수도 없는 거니까. 지금까지 기적의 검은 우리를 도와줬잖아. 다시 한번 믿어 보자."

신시아의 말에 리와 유진이 고개를 끄덕였다.

미카엘라가 기적의 검을 바라보았다. 자신이 존경했던 헨리 경이 쓰던 검. 하지만 헨리 경의 모든 게 의심스러워진 지금은 이 기적의 검을 믿어야 하는지 말아야 하는지 알 수 없었다. 검은 여전히 찬란한 빛을 내뿜고 있었다.

그렇지만 다른 방법이 없었다. 횃불처럼 검을 높이 들어 올리자 어둠이 사방으로 물러갔다. 구석에 웅크린 어둠들만 완전히 없어지지 않고 호시탐탐 이쪽을 노렸다.

"그럼 다들 준비됐지? 가자."

미카엘라의 뒤를 따라 아이들이 한 줄로 동굴 안에 들어갔다. 눅눅한 공기가 살갗에 기분 나쁘게 찰싹 달라붙었지만 어쩔 수 없었다.

"그래도 바람이 계속 부는 걸 보니 공기는 어디선가 계속 들어오고 있……. 미카엘라, 저기 좀 봐!"

신시아가 손을 들어 벽을 가리켰다. 미카엘라가 검을 벽 쪽으로 가져다 댔다. 불빛 아래 동굴의 진정한 모습이 밝혀졌다.

"와……."

가장 먼저 터져 나온 건 순수한 감탄이었다. 동굴의 벽과 천장을 가득 채운 그림은 하나의 거대한 예술 작품이었다. 놀란 눈동자로 미카엘라가 검을 더 높이 들어 올려 천장부터 비췄다.

가장 높은 부분에서 시작된 이파리가 가득한 덩굴손이 곡선을 그리며 둥그런 벽을 타고 내려와 아래까지 드리워져 있었다. 보라색과 하얀색 꽃이 주렁주렁 매달려 있는 모습은 꼭 결혼식장에 있는 아치

형 꽃 장식 같았다. 하늘하늘 흩날리는 꽃잎들이 그려진 벽을 보며 미카엘라가 중얼거렸다.

"정말 여기와는 어울리지 않네."

벽에 가까이 다가가 그림을 보던 신시아가 물었다.

"카밀라라면 이게 무슨 의미인지 알아챘을까?"

신시아가 한 번 더 벽화를 살펴보았다. 정말로 살아 있는 것처럼 보일 만큼 세밀한 터치는 이 그림을 그린 사람이 심혈을 기울였다는 걸 보여 주었다.

굴 안으로 들어갈수록 벽화 속 숲은 더욱더 빽빽해졌다. 어느 순간부터 아이들은 더 이상 웃음이 나오지 않았다.

사방을 가득 메운 그림들이 검의 빛 아래서 너울너울 춤을 추었다. 나뭇잎 하나하나, 덩굴손의 줄기 한 개까지도 촘촘히 그려 넣은 그림에서는 광기가 느껴질 정도였다. 그걸 느낀 미카엘라와 신시아는 입을 꾹 다문 채 앞으로만 나아갔다. 뒤에서 리와 유진이 둘을 호위하듯 따라갔다.

신시아가 손을 잡아 왔다. 미카엘라는 그게 무엇을 뜻하는지 금방 알아챌 수 있었다. 잡은 손가락과 손가락 끝에서 불규칙적인 떨림이 느껴졌다. 쿵쿵 하는 빠른 박자의 심장 소리.

미카엘라는 최대한 옆을 보지 않으려고 애쓰며 발걸음을 옮겼다.

그래도 보였다. 시야의 가장자리에서 자신들을 따라 움직이는 그림자. 그리고 이쪽을 뚫어져라 바라보는 시선이 느껴졌다. 미카엘라는 옆에서 움직이는 것과 눈이 마주칠 것 같았다.

"아."

두 갈래 길이 나왔다. 신시아와 미카엘라가 뚝 걸음을 멈췄다. 그런데 그림자는 멈추지 않았다. 검붉은 머리칼을 휘날리며 그림자는 좀 더 좁은 쪽의 길을 타고 사라졌다.

"너도…… 봤지?"

신시아의 입술은 파랬다. 차가운 바람을 내뿜는 이 동굴 탓인지, 아니면 보지 말아야 할 것을 보아서인지 알 수 없었다. 미카엘라가 고개를 끄덕였다. 좁은 쪽 길을 보며 신시아가 물었다.

"붉은 머리칼이었어. 마녀의 그림자일까?"

벽을 가득히 메운 숲속으로 사라진 붉은 머리칼의 그림자. 마녀가 자신들을 인도하는 건지, 아니면 함정에 빠지게 만들려는 건지 알 수가 없었다.

"어떡하지?"

신시아가 물었다. 미카엘라가 가만히 서서 생각했다.

헨리 스타우프와 브링턴의 마녀. 거기에 열두 기사와 그들의 왕이라고 불렸던 하눔비까지.

선과 악이 확실하게 정해져 있던 옛날이야기와 실제 상황은 전혀 달랐다. 브링턴의 마녀 전설엔 미카엘라가 모르는 것이 숨겨져 있었다. 마녀는 자신과 유진에게 해를 끼치려고 했었다. 그리고 카밀라의 영혼을 빼앗아 갔다.

'만약 거기에도 이유가 있었다면?'

그동안 헨리 경이 영웅이라고 일컬어졌기에 그가 하는 행동에 대해서 아무 의심도 품지 않았다. 브링턴과 에메랄드 숲의 나쁜 것들을 없앴다고 했을 때도 그저 그렇구나 하고 넘어가 버렸던 것이다. 그러나 편견을 버리고 본다면 상황은 충분히 다를 수 있었다. 마녀에 대해서도 마찬가지였다. 뭔가 다른 사정이 있을 수 있었다.

미카엘라가 입을 열었다.

"마녀를 따라가 보자."

"좋아, 그럼 이쪽……."

뒤를 따라오는 유진과 리에게 이야기해 주려던 신시아가 말을 멈췄다. 미카엘라가 신시아의 시선을 따라 고개를 돌렸다. 뒤에 있던 유진과 리도 뒤를 보았다. 네 명이 한순간에 걸음을 멈췄다.

"어, 없어."

미카엘라가 눈을 비볐다. 꽃과 덩굴손, 광기로 가득 찬 벽은 이제 텅 비어 있었다. 아니, 정확히 말하면 다른 걸로 꽉 차 있다고 해야 했다.

천천히 벽에 다가간 미카엘라가 손가락으로 훑었다. 하얀 손가락 끝에 불길한 그림자 같은 검댕이 묻어 나왔다. 불에 탄 흔적이었다.

"그을음?"

보고도 믿을 수가 없었다. 벽에 가득히 그려져 있던 그림은 이제 불에 탄 채 사라졌다. 신시아가 중얼거렸다.

"불에 탄 숲. 혹시 그때 있었던 일을 의미하는 건가?"

"무슨 일?"

미카엘라가 물었다. 신시아 대신 리가 입을 열었다.

"헨리 경은 브링턴와 샐버리 마을에서 전염병을 몰아낸 다음, 브링턴에 큰 불을 놨다고 해."

"그, 그건 방화잖아!"

미카엘라가 놀란 목소리로 말했다. 리는 어깨를 으쓱였다.

"나름의 정화 의식이었대. 혹시라도 남았을지 모르는 전염병을 불로 모조리 없애 버리려고."

"그럼 아까 우리가 본 그림은 화재가 일어나기 전 브링턴의 모습이었다는 거야?"

"그 이야기가 맞다면 그럴 확률이 높겠지."

리의 이야기를 듣던 미카엘라가 손끝에 묻은 검댕을 털어 내며 물었다.

"조금 이상하지 않아?"

"어떤 점이?"

"만약 전염병 때문에 불을 놨다면 브링턴이 아니라 샐버리 마을에 놨어야 하는 거 아냐? 사람들도 더 많이 살고 전염병도 훨씬 더 많이 번졌을 텐데. 헨리 경은 왜 굳이 브링턴에 불을 질렀을까?"

그 말을 들은 신시아도 고개를 갸웃거렸다.

"그건 한 번도 생각을 못 해 봤는데."

미카엘라는 카밀라도 자신과 똑같은 점에서 이상함을 느꼈을 거라는 직감이 들었다.

"이상한 게 한두 개가 아니야."

"대체 이 전설의 진실이 뭔지 이젠 짐작도 안 가."

신시아 역시 마찬가지라는 표정을 지었다.

그때였다.

발소리가 다시
들리는 것 같아!

마녀를
따라가는 게 맞는
선택이었나 봐.

저기, 뭔가
보이는 것 같아!

모두를 구할 거야

"뭐, 뭐야?"

긴 지하 동굴의 끝에 무언가가 펼쳐졌다.

"바다…… 아니, 호수?"

바다처럼 보일 만한 아주 넓은 지하 호수였다. 물안개에 가려 끝이 보이지 않았다. 푸른빛의 호수는 고요함 그 자체였다.

"브링턴 안에 이런 지하 호수가 있었다니."

유진이 멍한 목소리로 말했다. 천장의 종유석에서 물방울이 똑똑 흘러내렸다. 갑작스러운 상황에 반쯤 넋을 잃고 서 있는 아이들 옆으로 발소리가 지나쳐 갔다. 참방거리는 물소리와 함께 호수 위에 잔물결이 퍼져 나갔다.

꼭 누군가 호수 속으로 천천히 걸어 들어가는 것 같았다. 찰랑이는 물결을 바라보고 있던 미카엘라가 퍼뜩 정신을 차리곤 호숫가를 향해 뛰어갔다. 호수를 내려다본 미카엘라가 헉하는 소리를 내며 뒷걸음질 쳤다.

"미카엘라?"

신시아가 미카엘라를 향해 달려오다가 곧 똑같이 멈춰 섰다. 리와 유진도 마찬가지였다. 유리 같은 호수에 네 사람의 얼굴이 흔들렸다. 새파란 호수는 너무 깨끗해서 안이 환히 비쳐 보였다.

그 아래 빽빽이 서 있는 석상들이 모조리 보일 만큼.

아무 말도 나오지 않았다. 모두 그 자리에 우두커니 서서 맑은 호수 바닥에 쫙 깔려 있는 석상들을 가만히 내려다보았다. 모두 가지각색의 모습이었다. 누군가는 걸어가고 있었고 누군가는 두려운 표정으로 뒤를 돌아본 채 서 있었다.

"저기."

신시아가 어딘가를 가리켰다. 거기엔 아주 작은 아기를 안고 도망치는 듯한 석상이 있었다. 울음을 터뜨린 아기와 아기를 들쳐 업은 남자, 남자의 손을 잡은 채 소리치는 듯한 여자의 석상까지.

"아까 우리가 들었던 그 울음소리……"

미카엘라는 논리적으로 설명할 수 없었다. 브링턴의 전설, 보이지 않은 사람들의 이야기, 그리고 지금 보는 이 석상들까지.

"그 사람들이, 이렇게 석상으로 변해 버린 거야?"

마른 입술 사이로 물음이 흘러나왔다. 누구도 대답할 수 없었다.

"도망치지…… 못한 거지?"

이들은 에메랄드 숲을 버리고 새로운 바다를 건너, 어디론가 도망 갈 계획이었다. 하지만 결과는 바람과 달랐다. 석상들은 호수 안에 아무 말도 없이 무겁게 가라앉아 있을 뿐이었다.

"석상으로 변했다면 마녀에게 영혼을 빼앗겼다는 의미인데. 어째서……."

미카엘라의 말 다음으로 누구도 입을 열 수 없었다.

'스타우프와 기마병들은 이미 에메랄드 숲까지 당도했을 겁니다.'

자신들이 알고 있던 모든 것들이 섞이는 느낌이었다.

"그럼 이 사람들이 에메랄드 숲과 브링턴에 있던 나쁜 것들이라는 말이야? 마녀와 함께 있었던 나쁜 것?"

미카엘라가 자신의 손에 들린 기적의 검을 바라보았다. 뭐가 뭔지 알 수 없었다.

'알 수 없다면 부딪쳐야지.'

미카엘라가 검과 가방을 신시아에게 건넸다.

"미카엘라, 뭘 하려는 거야?"

대답하지 않았다. 뭘 하려는 건지 스스로도 설명할 수 없었으니까.

"미카엘라!"

신시아가 미카엘라의 이름을 크게 불렀지만 미카엘라는 걸음을 멈추지 않았다. 찰랑이는 물이 미카엘라를 부드럽게 끌어당겼다. 물이 몸에 휘감기는 느낌이 들었다. 지하 호수인데도 물이 차갑지 않았다.

투명한 수면 아래로 바닥이 보였다. 무섭다거나 떨리진 않았다. 허리를 거쳐 물이 가슴 그리고 목까지 차올랐다.

"미카엘라!"

뒤에서 유진이 호수에 따라 들어오는 소리가 났다. 미카엘라는 커다랗게 숨을 한 번 들이마신 다음 물 아래로 들어갔다.

귀가 먹먹해졌다. 마음이 편해졌다. 어릴 때부터 수영을 배워 대회도 몇 번이나 나간 적 있는 미카엘라에게 물은 자신의 세상이나 다름없었다.

물속에 가만히 머물던 미카엘라가 눈을 떴다. 흔들리는 머리칼 사이로 호수 아래의 모습이 보였다.

바로 양옆과 앞에 물에 잠긴 석상들이 서 있었다. 바람결에 휘날리는 머리칼까지 표현된 석상들 옆을 천천히 헤엄치니 다시 한번 눈물이 흘러나올 것 같았다. 안에서부터 벅차오르는 슬픔. 대체 어디서부터 시작된 건지 모를 슬픔이 마음속 깊은 곳에서부터 차올랐다.

도망치는 석상들의 옆을 차례차례 지나쳤다. 그러자 미카엘라도 이

무리 안에 껴서 도망치는 기분이 들었다.

'정말 이 사람들이 헨리 경이 없애야 했던 나쁜 것들일까?'

누군가의 손을 잡고 다리를 놀리는 어린아이의 석상이 보였다. 잔뜩 찡그린 얼굴은 곧이라도 울음을 터뜨릴 것만 같았다. 엄마처럼 보이는 석상의 다른 손에는 나름 중요한 물건들이 담긴 바구니가 들려 있었다.

은잔 몇 개와 그 시대에는 고급스러운 물건이었을 게 분명한 거울, 직접 손으로 수를 놓은 듯한 손수건 몇 개. 바구니에는 그런 것들이 들어 있었다. 자신이 살던 곳을 버리고 도망치는 순간에도 챙겨 올 물건이 이것뿐인 사람들이었다.

미카엘라가 잠깐 수면 위로 올라서 크게 공기를 들이마셨다. 유진이 미카엘라 옆에 와 있었다. 젖은 두 눈이 서로 마주쳤다. 미카엘라는 유진 역시 자신과 똑같은 생각을 하고 있다는 걸 알아차렸다.

"뭔가 이상하지 않아요? 헨리 경이 이 사람들을 에메랄드 숲에서 몰아내려고 여기까지 왔다는 게 말이 안 되잖아요. 게다가 석상이 되어 버렸다는 건 마녀에게 영혼을 빼앗겼다는 이야긴데. 이곳을 침략한 건 헨리 경이고 당하기는 마녀에게 당했다? 앞뒤가 맞지 않아요."

반쯤 물에 잠긴 채 진지하게 이야기하는 미카엘라를 보며 유진이 고개를 끄덕였다.

"사실을 확인하는 방법은 이제 딱 하나네. 이 석상들의 이름을 모두 찾아서 그들의 말을 들어 보는 것. 거기에서 뭔가를 찾아낼 수 있지 않을까?"

유진의 말에 미카엘라의 눈썹이 아래로 처졌다.

"하지만 이 많은 사람들의 이름을 어떻게 알아내죠?"

유진이 걱정할 것 없다는 듯 빙긋이 웃어 보였다.

"괜찮아. 내가 봤으니까. 각자 다른 곳이긴 했지만 석상의 어딘가에는 이름이 적혀 있었어. 하나씩 확인해 보자. 시간이 좀 걸릴진 모르겠지만……."

"시간은 얼마든지 걸려도 괜찮아요. 저주에 걸린 이 사람들을 풀어 줄 수만 있다면!"

미카엘라가 호수 안에 가라앉은 석상들을 다시 한번 바라보았다. 한시라도 빨리 카밀라를 찾아야 한다는 건 알고 있었지만 이들을 두고 갈 수는 없었다.

"우리 넷이 힘을 합친다면 생각보단 빨리 모두를 구할 수 있을 거야. 걱정하지 말자. 이 사람들도 카밀라도 구할 수 있을 테니까."

유진이 미카엘라의 생각을 들여다본 듯 말했다. 그 말을 들은 미카엘라가 희미하게 미소 지었다.

큰 소리로 불러 줘!

미카엘라가 눈을 깜박였다.

온몸이 아래로 까무룩 가라앉을 것 같은 기분이 들었다. 물이 무겁게 느껴졌다. 아무리 수영을 잘하는 미카엘라라고 해도 이렇게 긴 시간 동안 물속에서 움직이는 건 힘든 일이었다. 하지만 포기할 수는 없었다. 미카엘라는 넓은 호수에 펴져 있는 석상들의 이름을 하나하나 찾아 사력을 다했다.

미카엘라와 유진, 리가 물속에 있는 석상의 이름을 찾아내면 그걸 신시아에게 전달해 주었고, 신시아는 《전설 대백과》 안에서 그 이름이 적힌 전설을 찾아내 이름을 불렀다. 신시아가 석상의 이름을 부를 때마다 나머지 아이들도 석상이 되어 버린 이들을 기리는 마음을 담아 한마음으로 이름을 따라 불렀다. 그때마다 미카엘라가 가지고 있는 기적의 검이 희미하게 반짝였다. 마치 영혼의 마지막 가는 길을 배웅이라도 해 주듯이.

"엔미훔!"

저쪽에서 신시아가 커다랗게 이름을 부르는 소리가 들렸다. 벌써 몇십 번이나 이름을 불렀기에 신시아의 목소리는 갈라질 대로 갈라져 있었다. 그러나 목소리의 크기를 줄일 순 없었다. 세상에 잊힌 존재로 몇백 년을 이곳에 머무른 사람들이었다. 그들을 위해 마지막으로 해 줄 수 있는 건 할 수 있는 만큼 크게 이름을 불러 주는 것뿐이었다.

신시아의 선창에 맞춰 미카엘라와 리, 유진도 목소리를 높였다.

"엔미훔!"

신시아가 있는 쪽에서 망자의 마지막 목소리가 들렸다.

"미안해, 료아나. 네가 보고 싶어!"

그 목소리를 들으며 미카엘라가 물 아래로 잠수했다.

석상들이 맞은 마지막 순간은 각기 다 달랐다. 누군가는 어머니와 아버지를 찾았고, 누군가는 이렇게 죽을 순 없다고 했으며, 그저 비명만을 지른 사람도 있었다. 저주를 퍼부은 사람도 있었다. 하지만 그것

이 어떤 것이든 마지막 말을 들을 때마다 눈물이 나오는 건 어쩔 수
없었다.

'나라면 죽음을 눈앞에 둔 순간에 어떤 말을 할까.'

물속에 잠긴 한 석상의 얼굴을 바라보며 미카엘라는 그런 생각을
했다. 잔뜩 찡그린 얼굴에서 금방 커다란 울부짖음이 튀어나올 것만
같았다. 미카엘라가 조심스럽게 그 석상에게 손을 대곤 천천히 이름
을 찾았다. 석상의 몸 여기저기는 이미 많은 상처들이 나 있었다.

미카엘라가 다리의 아랫부분에서 이름을 찾아냈다. 바로 수면 위
로 올라간 미카엘라가 커다랗게 외쳤다.

"힛셀!"

미카엘라의 목소리를 들은 신시아가 얼른 대백과에서 힛셀의 이름
이 담긴 전설을 찾아냈다. '소리 지르는 유령' 페이지에서 힛셀의 이름
을 찾아낸 신시아가 커다랗게 외쳤다.

"힛셀!"

그 소리를 들은 다른 아이들이 각각 답하는 소리가 들렸다.

"힛셀!"

물 아래가 일렁이고 곧 목소리가 들렸다. 상상했던 것처럼 분노로
가득 찬 목소리였다.

"헨리 스타우프! 네놈에게도 언젠간 이와 똑같은 일이 일어나길 바
란다! 너의……"

뒷말은 이어지지 못했다.

미카엘라는 멍하니 사라진 석상의 자리를 바라보았다. 벌써 몇 번이나 그 이름이 나왔는지 셀 수도 없었다.

헨리 스타우프.

처음에는 아닐 거라 생각했다. 미카엘라가 알고 있는 헨리 경은 브링턴과 샐버리 마을의 영웅이었고 미카엘라가 존경해 마지않는 사람이었으니까. 그러나 더 이상은 모른 척할 수 없었다.

전혀 생각지도 못했던 다른 이야기가 있었다. 보이지 않는 이면에 꼭꼭 감춰져 있던 이야기. 역사책 속에 '나쁜 것들을 없앴다.'라고만 적힌 짤막한 한 줄은 브링턴에서 살던 이들에겐 삶과 죽음을 가로지르는 청천벽력과도 같은 일이었다.

"역사는 승자의 시각으로 기록된다. 그러니 우리는 언제나 비판적인 생각을 가지고 수업에 임해야 한다."

미카엘라는 언젠가 역사 선생님이 수업 시간에 했던 말을 되뇌었다. 그때는 그 말이 정확히 어떤 뜻인지 알지 못했다. 하지만 지금은 온몸으로 느낄 수 있었다.

미카엘라가 혼잣말처럼 중얼거렸다.

"카밀라, 넌 이것도 알았던 거야?"

당장이라도 물어보고 싶었다. 안경 뒤에서 늘 반짝이던 갈색 눈동자가 너무나 보고 싶었다. 카밀라라면 이런 일을 그냥 넘어가지 못했을 게 뻔했다. 스스로가 위험해질 걸 알면서도 이 길을 택했을 것이다.

"그렇다면 이제 남은 질문은 하나겠구나, 카밀라."

미카엘라는 마치 옆에 카밀라가 있는 것처럼 중얼거렸다.

'마녀는 누구인가?'

《전설 대백과》를 제외하면 그 어떤 기록에도 남아 있지 않은 마녀의 정체. 마지막으로 카밀라는 그 질문에 대한 답을 찾기 위해 나섰을 것이다.

"미카엘라."

신시아의 목소리에 미카엘라는 퍼뜩 정신이 들었다.

가장 먼 곳에 있던 석상부터 차근차근 이름을 부르기 시작한 지금, 이제 남은 석상은 단 한 개였다. 물 바깥에서 기다리고 있던 신시아도 미카엘라가 있는 쪽으로 자리를 옮겼다. 리와 유진도 미카엘라 옆으로 다가왔다.

모두가 지쳐 보였다. 하지만 그보다도 더 큰 슬픔이 아이들의 얼굴에 깃들어 있었다. 오랫동안 물속에 있던 터라 새파래진 입술로 미카엘라가 말했다.

"이제 정말 마지막이야."

미카엘라와 아이들은 마지막으로 남아 있는 석상을 바라보았다. 미카엘라가 이름을 찾기도 전에 신시아가 입을 열었다.

"이 아이의 이름은 일리나야."

대백과에 실린 이름 중 아직까지 불리지 않은 이름. 정확히 말하면 아예 빈 페이지로 남아 있는 '브링턴의 마녀' 전설을 제외한다면 이름이 불리지 않은 마지막 전설이었다.

미카엘라가 석상을 바라보았다.

"이제 우리가 해야 할 일을 하자."

마지막 석상은 바닥에 반쯤 파묻혀 있었다. 모래와 물이끼가 잔뜩 끼어 있는 석상은 아래에 뭔가 걸려 있는지 바로 세우기가 힘들었다. 미카엘라와 유진이 힘을 합쳐 고꾸라진 석상을 겨우겨우 세워 놓았다.

네 아이들이 마지막 석상을 둘러쌌다. 다른 것보다 작은 석상이었다. 모두 짐작했지만 마지막 석상의 주인공은 어린아이였다. 잘 봐 주어도 아카데미 1학년생보다 어린 모습이었다.

미카엘라가 물속에서 석상과 얼굴을 마주했다. 석상의 앳된 얼굴엔 눈물 자국이 남아 있었다. 그 모습을 보자니 마음 한쪽이 아파 왔다.

이런 어린아이에게는 아무런 잘못도 없을 것이다. 그런데 이렇게 저주에 걸려 영혼을 빼앗기다니, 미카엘라는 이 상황을 이해하고 싶지 않았다.

"신시아의 말이 맞겠지만 그래도 석상의 이름을 한번 확인해 볼게."

미카엘라가 얼른 석상의 주변을 돌며 이름을 찾았다. 쉽게 보이지 않았다. 살살이 훑던 미카엘라가 석상의 손목에 매여 있는 팔찌를 찾아냈다. 손목의 아랫부분에 아주 작게 적힌 게 보였다.

일리나.

이름을 확인한 미카엘라가 수면 위로 올라왔다. 모두가 준비하고
있었다.

"시작하자."

"응."

나머지 아이들이 고개를 끄덕였고 미카엘라가 입을 열었다.

"일리나."

수면은 잠잠했다. 미카엘라가 다시 한번 이름을 불렀다.

"일리나, 이제 눈을 떠."

"일리나."

신시아와 유진, 리도 일리나를 불렀다. 그들의 목소리가 하나로 합
쳐지자 순간적으로 수면 위의 그림자가 흔들렸다. 그러더니 수면 아래
가 뿌옇게 흐려졌다.

미카엘라가 입을 꾹 다물었다. 연녹색 눈동자에는 이미 눈물이 그
렁그렁 차 있었다.

"하눔비!"

비명과 함께 나온 건 이젠 익숙해진 이름이었다. 가냘픈 목소리는
누가 들어도 겁에 질려 있었다.

"하눔비, 저 살 수 있죠? 당신이 말했던 새로운 곳으로 갈 수 있는

거죠? 저 여기서 죽기 싫어요."

엉엉 우는 소리가 뒤를 이었다. "아파요, 아파요." 하는 작은 소리들. 그 목소리들이 가늘어지다가 마침내 완전히 끊기고 말았다.

미카엘라가 고개를 숙여 애도를 표했다. 나머지 아이들도 고개를 숙였다.

미카엘라의 볼을 타고 흘러내린 눈물이 아래로 뚝 떨어졌다. 동시에 석상이 사라졌다. 모두가 마지막으로 일리나를 위해 기도했다.

"어?"

잠시 울던 미카엘라가 고개를 들었다. 고요하던 호수가 요동치는 게 느껴졌다. 일렁이던 물이 그대로 아래로 쭉 빠졌다. 순식간의 일이었다.

"뭐, 뭐야?"

모랫바닥이 다 보일 정도로 호수의 물이 쫙 빠졌다. 버석거리는 모래가 발에 닿았다. 미카엘라가 놀란 표정으로 주변을 살폈다. 신시아가 손을 들어 어딘가를 가리켰다.

"저기!"

물이 빠진 호수 바닥에 길이 보였다. 정확히 말하면 길이 아니라 반짝이는 발자국들이 마치 길을 따라간 것처럼 쭉 찍혀 있었다. 발자국들로 만들어진 구불거리는 길은 호수 바닥에서 빛을 발하고 있었다.

리가 발자국들을 확인하더니 입을 열었다.

"아까 우리가 봤던 석상의 돌가루야."

앞으로, 앞으로.

끝이 보이지 않는 지하 호수의 바닥 위로 보이지 않는 석상들의 발자국이 이어졌다. 가장 끝에 찍힌 발자국이 머뭇거리듯 움직였다. 작은 발자국이었다. 그걸 본 미카엘라가 저도 모르게 말했다.

"일리나!"

작은 발자국이 한 바퀴 돌아 동그라미 표시를 만들었다. 그걸 본 미카엘라가 손으로 얼굴을 가렸다. 눈물이 왈칵 흘러나왔다.

"미카엘라."

신시아가 미카엘라의 손을 부드럽게 잡았다. 미카엘라가 얼른 눈물을 닦았다.

"괜찮은 거지?"

"응, 괜찮아."

운 게 티 나는 목소리로 괜찮다고 하는 게 부끄럽긴 했지만 신시아에게 감추고 싶진 않았다. 신시아의 눈가도 빨갛게 젖어 있었다.

"그럼 따라가 보자. 저들이 알려 주는 길로."

움직이는 발자국 사이에 네 명의 발자국이 더해졌다. 네 아이들의 주변으로 발자국들이 찍혔다. 마치 발자국들이 아이들을 호위하는 것 같았다.

무섭지 않았다. 보이지 않는 영혼들과 함께 지하 호수의 바닥을 가로질러 가고 있었지만 두려운 기분은 들지 않았다. 이들이 어떻게 살아 왔는지, 어떻게 마지막을 맞았는지 전부 다 알고 있었기 때문이었다.

다시 한번 그 노래가 흘러나왔다.

미카엘라도 나지막이 따라 불렀다.

낮은 하늘, 계속해서 들려오는 시끄러운 소리들…….

카밀라는 가만히 눈을 깜박였다. 슬슬 시간이 다 된 듯했다. 하지만 어디서도 기다리는 목소리는 들리지 않았다. 그런 카밀라를 걱정스럽게 내려다보는 눈길이 있었다.

"괜찮겠어?"

그 말에 카밀라가 굳은 입꼬리를 끌어 올려 웃어 보였다. 이젠 손가락도 움직이지 않았다. 눈을 감았다가 뜨는 것도 힘들어질 지경이었다.

"모두 잊었을 거라 생각했어. 이번이 마지막이라고 여겼지."

나직하게 들리는 목소리에 카밀라가 귀를 기울였다. 아주 오래된 이야기. 하지만 결국 묻히지 않고 되살아난 이야기. 카밀라는 이야기가 가진 힘을 믿었다. 그래서 자신이 여기까지 올 수 있었던 것이다.

"네 이름을 불러 줄 그 아이들이 왔으면 좋겠어."

카밀라의 눈에 아직 어두운 새벽하늘이 비쳤다. 어젯밤 무섭게 내렸던 비는 언제 그랬느냐는 듯 그쳐 하늘이 쾌청했다. 마지막으로 빛나는 별들이 서쪽 끝으로 넘어가고 있었다.

'분명 올 거야.'

카밀라는 마음속으로 대답했다.

아직 해는 뜨지 않았다. 축축한 바람이 숲을 지나 아이들의 얼굴을 감쌌다. 젖은 흙냄새가 가득히 몰려왔다.

석상의 영혼들이 네 명의 아이를 데려다준 곳은 너른 숲이었다. 안개와 어둠으로 휩싸인 고요한 숲. 미카엘라를 비롯한 아이들이 잠깐 멍하니 숲을 바라보았다.

"에메랄드 숲?"

리가 혼잣말처럼 중얼거렸다. 커다란 나무들이 우줄우줄 늘어져 있었다. 한여름의 발작적인 생기가 이쪽으로 오라는 듯 네 아이들을 휘감았다. 미카엘라가 홀린 것처럼 발걸음을 옮겼다.

탕!

뒤에서 커다란 소리가 났다. 미카엘라가 고개를 돌렸다. 앞에서 뭔가 풀썩 쓰러지는 소리가 들렸다. 앞쪽에서 높게 돋은 풀이 커다랗게 흔들렸다. 생각할 틈도 없이 미카엘라가 그쪽을 향해 달려갔다.

웃자란 풀들을 헤치는 미카엘라의 손에 상처가 남았다. 미카엘라는 신경도 쓰지 않고 엉겨 오는 풀들을 손에 들린 기적의 검으로 베어 냈다. 끈적거리는 즙이 검을 타고 내려와 손에 묻었다. 아이들은 미카엘라가 만들어 놓은 길을 따라갔다.

미카엘라의 머릿속엔 오로지 저 소리의 정체를 찾아야겠다는 생각뿐이었다. 아주 익숙한 소리였다. 오래된 화승총에서 나는 소리. 샐버리 마을에 처음으로 총이 들어온 건 헨리 스타우프와 기마단이 들어온 때였다. 저 소리는 기마단이 누군가를 쐈다는 걸 뜻했다.

미카엘라는 숨이 차올랐지만 멈출 수가 없었다. 스타우프의 기마단이 벌써 이 숲까지 도착했다면 방금 전 지하 동굴에서 도망친 사람들은 살아 나갈 수 없었을 게 뻔했다.

탕! 탕!

다시 한번 들린 총성이 귀 옆을 아주 빠르게 지나쳤다. 헉헉대는 숨소리가 미카엘라 자신의 것인지 아니면 보이지 않는 다른 사람의 것인지 알 수가 없었다. 마침내 시야가 툭 터졌다.

"아."

저절로 입에서 소리가 흘러나왔다. 미카엘라의 연녹색 눈동자에 광활한 들판이 비쳤다.

넘실거리는 풀들이 언덕 아래로 쭉 이어져 있었다. 휘몰아치는 바람에 들판의 풀들이 우수수 흔들렸다. 거대한 바다가 펼쳐져 있는 것 같았다. 들판 위의 새벽하늘은 닿을 듯 낮았고 사나운 바람이 미카엘라를 잡아먹을 듯이 불어 댔다.

하지만 아무것도 미카엘라를 막을 순 없었다. 앞에 불길이 치솟는다 해도 미카엘라는 그대로 나아갔을 것이다.

하늘과 땅이 부딪치는 지평선의 한 지점에 그것이 있었다. 제멋대로 자라난 덩굴 식물이 몸을 칭칭 감아 반쯤 부서지고 망가진 그것이. 눈 한 번 깜박이지도 않은 채 미카엘라가 천천히 그쪽을 향해 다가갔다.

"무섭지 않아. 무섭지 않아."

미카엘라가 스스로에게 다짐하듯 말했다. 가까이 다가가 바라본 석상은 생각보다도 더 컸다.

반쯤 떨어져 나간 그것의 얼굴을 미카엘라가 올려다보았다. 길고 긴 시간 동안 풍파를 맞은 얼굴엔 이제 아무런 표정도 남아 있지 않았다. 그러나 밤새 내린 빗물에 젖은 얼굴 반쪽을 보며 미카엘라는 꼭 그것이 우는 것 같다고 생각했다.

미카엘라가 뒤쪽에 떨어져 있는 아이들을 한 번 바라보았다. 유진

의 개암빛 눈동자가 흔들림 없이 미카엘라를 보고 있었다. 그 곧은 눈
빛에 다시 한번 힘을 얻었다. 미카엘라는 자신이 해야 할 일이 뭔지
잘 알고 있었다.

'이곳에서 마지막까지 자신을 기다린 마녀를 위해.'

미카엘라가 허리춤에서 기적의 검을 뽑아 들어 올렸다. 작은 검에
박힌 붉은 보석이 반짝였다.

"브링턴과 에메랄드 숲을 다스린 진짜 왕, 하눔비."

그 이름은 아주 자연스럽게 흘러나왔다. 마치 오랫동안 알고 지내
던 사람의 이름처럼. 미카엘라가 다시 한번 속삭였다.

"하눔비, 이젠 일어나."

들판의 동쪽 끝이 부옇게 밝아 왔다. 곧 있으면 해가 뜰 것이다. 미
카엘라가 숨을 한 번 크게 들이마셨다.

"하눔비!"

쩌렁쩌렁한 목소리가 온 들판을 메웠다. 뒤에 있던 신시아가 깜짝
놀랐다는 듯 귀를 두 손으로 막았다. 옆에서 리와 유진이 웃음을 참
지 못하고 터뜨렸다. 그걸 본 미카엘라도 웃으려던 찰나였다.

웃음소리가 점점 멀어져 갔다. 대신 고요가 물밀듯이 들어왔다. 너
무나 고요해서 주변의 공기조차 사라져 버린 기분이었다. 미카엘라가
천천히 고개를 돌렸다.

긴 속눈썹이 나비의 날갯짓처럼 팔랑였다. 그 아래 태양처럼 빛나

는 황금색 눈동자가 있었다. 그 눈동자엔 브링턴과 에메랄드 숲을 이끈 사람답게 위엄이 서려 있었다. 붉은 머리칼이 바람에 부드럽게 흩날려 짙은 턱선을 감싼 채 스쳐 지나갔다. 시원하게 솟은 콧대 아래 자리한 입술이 부드러운 곡선을 그리고 있었다. 하눔비가 가지고 있는 강인하면서도 부드러운 면모를 보여 주는 듯했다.

단지 얼굴을 마주한 것뿐인데도 미카엘라는 한 발 뒤로 물러나고 싶은 마음이 들었다. 무서운 건 아니었다. 자신이 상상할 수도 없는 길고 긴 시간을 끝까지 버틴 사람에 대한 존경심이었다.

"미카엘라."

목소리가 똑똑히 들렸다. 미카엘라는 멍하니 자신의 앞에 서 있는 사람을 바라보았다.

"하눔비……."

"그 이름 정말 오래간만이다. 마침내 나에게도 그 이름을 다시 불러 주는 사람이 생겼구나."

싱그러운 목소리였다.

들어 본 적 있었다. 거대한 지하 동굴 입구에서 새로운 곳으로 도망쳐야 한다고 말하던 그 목소리.

"내가 아직도 마녀처럼 보여?"

짙은 눈썹이 장난스럽게 위를 향해 움직였다. 웃음기가 섞여 있는 질문이었다. 미카엘라가 퍼뜩 놀라 고개를 저었다.

"아, 아뇨!"

"그거면 됐어."

전혀 상상할 수 없었던 시원한 대답이었다. 하눔비가 미카엘라를 향해 한 걸음 내딛었다. 하눔비에게선 재와 연기의 냄새가 났다.

"철석같이 믿고 있었던 걸 의심해 볼 수 있는 용기도 가끔은 필요한 거야."

하눔비가 미카엘라에게 손을 내밀었다. 얼떨결에 그 손을 잡았다. 하눔비의 손은 따뜻했다.

"너희라면 우리를 찾아낼 수 있을 거라고 생각했어. 마지막까지 포기하지 않고 진실을 쫓아올 거라고 말이야."

하눔비의 눈이 밝게 빛났다.

"브렁턴 아카데미가 생긴 후로 셀 수도 없을 만큼 시도했어. 시도하고 시도하고 또 시도했지. 하지만 아무도 여기까지 오진 못했어. 마녀에 대한 괴담만 퍼졌을 뿐이지."

"그렇다면 지금까지 그런 괴담이 퍼진 게……."

"맞아. 그동안 우리의 진실을 알리려고 노력했던 거야. 하지만 나만 보면 다들 혼비백산하고 도망치는 바람에 뭘 해 보지도 못했지. 소곤소곤 란을 통해서 마법의 약 만드는 법을 흘린 것도 나인데."

"정말요?"

"당연하지. 안 그럼 대체 누가 그런 약을 만드는 법을 알겠어. 카밀라가 사라진 걸 너에게 알려 준 것도 나잖아."

"하지만 카밀라를 사라지게 만든 것도 당신이잖아요! 카밀라는 대체 어디 있죠?"

하눔비가 한 걸음 옆으로 비켜섰다. 여름 꽃으로 장식된 돌 제단 위에 누워 있는 카밀라의 모습이 보였다. 미카엘라의 눈물이 땅에 흩어졌다. 하눔비가 말했다.

"아까보다는 조심히 이름을 불러야 할 거야. 나처럼 저주에 걸린 지 오래된 게 아니라서 가는귀가 먹진 않았을 테니까."

"카밀라!"

미카엘라가 무너지듯 카밀라의 옆에 앉았다. 두 눈을 꼭 감고 있는 카밀라의 얼굴은 창백했다. 꽉 잡으면 부서지기라도 할세라 미카엘라는 아주 가만히 카밀라의 손을 잡았다.

"카밀라, 카밀라. 일어나."

일어나, 제발.

미카엘라의 간절한 부름이 닿았는지 잡은 카밀라의 손끝이 움직였다. 미카엘라가 퍼뜩 고개를 들었다. 그러자 거기엔 카밀라의 다갈색 눈동자가 빛나고 있었다.

"미카엘라."

둘의 시선이 마주쳤다. 카밀라의 눈을 본 순간, 드디어 안심이 된 미카엘라가 엉엉 울기 시작했다.

"카밀라! 어떻게 그럴 수가 있어!"

미카엘라의 눈물 젖은 목소리에 카밀라가 미안하다는 듯 웃었다.

"너라면 날 찾을 수 있을 거라고 생각했어. 믿었어, 미카엘라."

"아무리 날 믿었어도 그렇지! 내 생각은 안 했어? 네가 그렇게 사라져 버리고 걱정할 나는 생각 안 한 거냐고!"

"생각했지. 그리고 너라면 나와 똑같은 상황에서 어떻게 했을까도 생각했어. 억울하게 역사에서 지워진 사람들이 있고 그 사람들이 아직까지 브링턴 안에서 평안히 잠들지 못했다는 걸 알았다면, 미카엘라 넌 어떻게 했겠어?"

카밀라가 미카엘라를 바라보았다. 그 곧은 눈길에 차마 모른 척했을 거라고 답할 수도 없었다. 카밀라의 눈 역시 촉촉이 젖어 들어갔다.

"그래서 널 믿었어, 미카엘라. 내가 너 말고 누굴 믿었겠어. 널 위해 그렇게 많은 힌트들을 남겨 놨는데. 너라면 분명 그걸 다 알아챘을 테니까. 고마워, 여기까지 찾아와 줘서."

그 말에 미카엘라가 울먹임을 참더니 결국은 카밀라를 끌어안았다. 카밀라가 어쩔 수 없다는 표정으로 미카엘라의 등을 토닥였다.

"다 울었어, 우리 울보?"

"내가 누구 때문에 우는 건데!"

씩씩거리는 미카엘라를 보며 카밀라가 픽 웃었다.

"그리고 하눔비와 다른 사람들을 자유롭게 만들어 준 것도 고마워. 미카엘라, 네가 아니었다면 할 수 없었을 일이야."

"나 혼자 한 것도 아니잖아. 카밀라, 네가 없었더라면 이건 영영 아무도 몰랐을 이야기야. 그런데 넌 왜 여기에 있는 거야? 도서관 의자는 왜 불타 있었던 거고?"

미카엘라의 질문에 카밀라가 주변을 한 번 쓱 둘러보았다. 둘의 뒤에 서 있던 하눔비가 한 걸음 앞으로 나왔다.

"내가 도와달라고 했으니까."

"그게 무슨……."

카밀라가 입을 열었다.

"미카엘라, 너도 봤잖아. 하눔비의 석상은 다 부서져 가고 있었어. 어젯밤 천둥 번개가 엄청 친 건 알지? 사실 하눔비의 석상은 어제 완전히 부서질 예정이었어."

카밀라의 말에 미카엘라가 놀란 표정을 지었다. 석상이 부서졌다면 하눔비의 저주는 영영 풀리지 못했을 것이다. 하눔비가 고개를 끄덕이자 카밀라가 말을 대신했다.

"그래서 내가 하눔비의 석상을 대신해 줬던 거야. 너희가 찾아올 때까지."

"카밀라의 의자가 타 있었던 것도 그것 때문이야. 우리의 계약이 성립하면서 카밀라의 몸을 이쪽으로 소환했으니까. 내가 석상으로 변하기 전, 그러니까 브링턴이 불길이 휩싸였던 그 시간대와 카밀라의 몸이 잠깐 겹쳤다고 해야 하나."

"그, 그럼…… 카밀라의 몸은 괜찮은 거죠? 뭔가 부작용이 있다거나 이런 건 없는 거예요?"

하눔비에게 질문을 쏟아 내는 미카엘라를 카밀라가 저지했다.

"난 괜찮아, 미카엘라. 걱정이 너무 많은 거 아냐?"

"이런 상황까지 왔는데 걱정이 안 될 리가 없잖아!"

하눔비가 미카엘라에게 걱정하지 말라는 듯 웃어 보였다.

"걱정하지 마. 그런 건 없으니까. 자, 그럼 이제 나도 가야 할 때가 된 것 같아."

자리에서 걸음을 뗀 하눔비가 말을 이었다.

"마지막으로 열두 기사와 너희들이 저주에서 풀어 준 모든 사람들을 대신해 감사를 표할게. 더 많은 이야기를 하고 싶은데 어쩔 수 없네. 하지만 뭐 어때. 우리의 이야기는 이제 너희와 카밀라가 전해 줄 테니까. 안 그래?"

하눔비의 황금색 눈동자가 미카엘라와 카밀라를 따스하게 바라보았다.

"자, 잠깐만요! 그렇다면 이 기적의 검도 사실은 당신의 것인가요?"

미카엘라의 마지막 질문에 하눔비는 답하지 않았다. 그저 한 번 웃어 보일 따름이었다.

"그 검은 이제 네 거야. 고마워."

그 말을 마지막으로 하눔비의 모습이 사라졌다. 저 멀리 해가 뜨는 동쪽으로 거대한 수리매가 날아갔다.

수리매의 큰 날개가 들판 아래 그림자를 드리웠다. 그걸 멍하니 바라보고 있던 미카엘라와 카밀라의 뒤에서 커다란 목소리가 들렸다.

"카밀라!"

"미카엘라!"

수리매가 사라지자마자 적막이 깨지고 저 멀리서 얼어붙은 듯 굳어 있던 세 명의 아이들이 이쪽으로 뛰어왔다. 다섯 명의 아이들은 서로 부둥켜안았다.

신시아가 외쳤다.

"정말로 널 잃어버리는 줄 알았어, 카밀라!"

카밀라가 자리에서 일어나려다 휘청거렸다. 옆에서 미카엘라와 신시아가 카밀라를 서둘러 잡았다. 셋은 그렇게 나란히 걸었다.

기억할게,
너의 이름을

카밀라가 마지막으로 한번 전시회장을 둘러보았다. 어디 하나 자신
의 손길이 닿지 않은 곳이 없었다.

브링턴의 영웅은 누구인가?
왕부터 마녀까지, 하눔비에 대해

길게 걸린 플래카드에 고풍스러운 글씨체로 적혀 있었다. 이번 특
별 전시회는 오로지 하눔비와 그를 따랐던 열두 기사, 그리고 브링턴

과 에메랄드 숲에 살던 사람들만을 위해 열렸다.

카밀라와 아이들이 발견한 이야기들은 브링턴과 샐버리 마을을 발칵 뒤집어 놓았다. 그동안 역사 속에서 감쪽같이 사라진 하눔비와 에메랄드 숲 사람들의 이야기는 그야말로 새로운 연구거리였다. 한번 물꼬가 터지자 브링턴 아카데미의 여기저기서 증거물들이 나왔고 그동안 헨리 스타우프가 어떤 식으로 역사를 뒤바꾸어 놓았는지 속속들이 밝혀졌다. 그동안 모르고 있던 게 이상할 정도였다. 몇백 년이나 감춰져 있던 거짓과 진실이 만천하에 드러났다.

이번 특별 전시회는 지금까지 역사에서 지워져 있었던 하눔비를 온 세상에 알리는 첫 신호였다. 카밀라를 주축으로 도서부는 그동안 모았던 《전설 대백과》를 공개했고, 미카엘라와 펜싱부는 기적의 검을 브링턴 아카데미 박물관에 기증했으며, 신시아는 브링턴 아카데미 학생회에서 소유하고 있는 옛날 브링턴과 관련된 물건들을 전시회에 내놓았다.

아직 문을 열지 않은 전시회장 안은 고요했다.

카밀라의 시선이 전시회장 안에 있는 물건들 하나하나를 살폈다. 한쪽에는 브링턴 아카데미의 미술부가 만들어 준 하눔비의 석상이 놓여 있었다. 카밀라의 말을 토대로 재현된 석상은 실제보다 훨씬 작았지만 그래도 하눔비가 가진 위엄만큼은 그대로 보여 주었다. 반만 남은 얼굴과 부서진 한쪽 어깨.

카밀라가 석상을 한 번 올려다보았다.

"하눔비."

이름을 부르자 다시 한번 하눔비의 목소리가 들릴 것만 같았다.

무너져 가는 하눔비의 석상을 대신해 하룻밤을 같이 보내면서 카밀라는 많은 이야기를 들을 수 있었다.

"헨리 스타우프는 아주 똑똑한 사람이었어. 그래, 그 점은 인정해야지."

자신을 그렇게 만든 사람에게도 하눔비는 관대했다. 어떻게 그럴 수 있느냐고 묻자 하눔비는 크게 웃었다.

"나도 한 백 년 정도는 헨리 스타우프를 아주 욕했어. 하지만 언제까지 그런 생각만 가질 순 없잖아. 그게 헨리 스타우프가 가장 바란 걸 텐데. 내가 그런 복수심에 영영 사로잡혀 있길 말이야."

하눔비의 황금색 눈동자가 빛났다. 거센 비가 내린 다음 밝게 세상을 비추는 햇살처럼.

"물론 헨리 스타우프가 샐버리 마을의 부흥을 위해 힘쓴 건 맞아. 하지만 그것만으로는 부족했지. 그래서 자신의 자리를 공고히 만들기 위해 똑똑하게도 외부의 적을 만들기로 한 거야."

헨리 스타우프는 바다를 건너온 사람이었다. 그 말은 헨리 경이 샐버리 마을에 아무런 기반도 없었다는 걸 의미했다. 그런데도 헨리 경은 샐버리 마을 사람들의 신임을 얻고 그들을 지배하는 왕의 자리까지 올랐다. 그 방법은 무엇이었을까?

헨리 스타우프는 오로지 자신만이 샐버리 마을과 브링턴을 다스릴 수 있는 왕이라는 걸 보여 주기 위해 사람들의 마음 깊은 곳에 있는 공포심을 건드리기로 했다. 그 계획에서 희생양이 된 게 하눔비, 그리고 그가 이끄는 에메랄드 숲의 부족민이었다.

"헨리 스타우프는 내가 연구하고 있던 약초 자료들을 도둑질했어. 그리고 그걸 이용해서 전염병을 만들어 냈지."

그다음은 불 보듯 뻔한 것이었다. 헨리 스타우프는 샐버리 마을 사람들에게 늘 약초에 대해서 공부하던 하눔비가 전염병을 일으킨 것이라고 소문을 냈다.

"숲에 살고 의술과 약초에 대해 해박한 지식을 가진 여자. 그 당시엔 그런 사람들을 마녀라고 불렀지."

헨리 스타우프는 기마병들을 이끌고 브링턴과 에메랄드 숲을 급습했다.

"열두 기사들은 마지막까지 저항했지만 결국은 헨리 스타우프에게 사로잡혀 억지로 일해야 했어. 그들은 마지막까지 이용당했고 결국엔 비참하게 석상이 되어 버리고 말았지."

역사 속에서 열두 기사는 마치 제 몸처럼 헨리 경을 보필했다고 전해졌다. 하지만 그건 전혀 사실이 아니었다. 그들이 하눔비에 대한 이야기를 남길까 무서워 마지막엔 석상으로 만들어 버린 것이었다.

그렇게 역사 속에서 하눔비는 없애고 그 자리를 헨리 스타우프가 화려하게 채웠다. 카밀라가 배운 역사는 그렇게 거짓으로 꾸며진 것이었다. 카밀라가 혼잣말로 입을 열었다.

"하지만 헨리 스타우프가 예상하지 못한 게 하나 있었지."

이야기는 오래 남는다. 그걸 찾는 사람이 있는 한⋯⋯.

하눔비가 만든 《전설 대백과》는 한 번 내용이 소실됐지만 결국 카밀라의 손에서 완전히 되살아났다. 하눔비의 이름은 다시 불렸고 잊힐 뻔한 이야기는 사람들 사이에서 회자되었다.

"카밀라."

미카엘라가 부르는 소리에 카밀라가 뒤를 돌았다.

"전시회 준비는 다 된 거야? 사람들이 모두 기다리고 있어."

신시아와 유진, 리도 카밀라를 기다리고 있었다. 카밀라가 커튼을 살짝 젖히고 밖을 바라보았다. 샐버리 마을의 모든 사람들이 모인 듯했다. 카밀라가 마음속으로 하눔비에게 말을 걸었다.

'봐, 하눔비. 당신의 이야기를 알기 위해 이렇게 많은 사람들이 모였어.'

하눔비의 반쪽짜리 얼굴이 미소 짓는 것처럼 보였다.

미카엘라가 준비됐느냐는 듯 카밀라를 보았다. 카밀라가 고개를 끄덕였다.

"응, 준비됐어. 사람들에게 새로운 이야기를 보여 주자!"

카밀라가 문을 열었다. 바람에 머리칼이 날렸다.

카밀라가 눈을 깜박였다. 언젠가 자신의 이야기를 쓴다면 처음은 분명 브링턴 아카데미에 입학했던 순간일 게 분명했다. 글로리아 홀에서 울려 퍼지던 노래와 그때는 까마득해 보였던 선배들의 모습들.

그리고……

카밀라가 미카엘라를 바라보았다. 둘의 시선이 마주쳤다.

그 이야기의 가장 아름다운 페이지에는 미카엘라와 친구들의 이야기가 들어갈 게 분명했다. 만약 자신의 이야기가 있다면 카밀라는 그 이야기도 하눔비의 이야기처럼 길게, 오래도록 사람들의 기억에 남았으면 좋겠다고 생각했다.

순간적으로 고요가 찾아왔다. 카밀라가 눈을 동그랗게 떴다. 익숙한 고요였기 때문이었다.

"하눔……."

카밀라가 그 이름을 입에 담기도 전에 무언가가 보였다. 잔상처럼 스쳐 지나가는 모습.

짧은 머리에 안경을 쓰고 있는 건 분명히 자신의 얼굴이었다. 카밀라는 숨도 쉬지 못했다. 훌쩍 커 버린 자신의 옆모습은 익숙하면서도 낯설었다.

그 옆으로 곱슬머리를 짧게 자른 미카엘라와 찰랑이는 금발을 자랑하는 신시아의 모습도 보였다. 카밀라가 자신의 손에 들린 책을 둘에게 보여 주었고 곧 둘의 얼굴에 기쁨이 번져 갔다. 커 버린 자신의 손에 들린 책에는 '카밀라'라는 이름이 똑똑히 적혀 있었다.

"와, 정말 멋지네요!"

멀리서 들리는 사람들의 목소리에 카밀라가 퍼뜩 정신을 차렸다. 잔상은 어느새 사라졌고 옆에서 미카엘라가 카밀라의 어깨를 잡았다.

"뭐 해? 얼른 들어가서 사람들에게 전시를 소개해야지, 카밀라."

"아……."

카밀라는 그제야 방금 자신이 본 게 하눔비가 마지막으로 보여 준 마법이라는 걸 깨달았다. 뭐라고 설명해야 할지 몰랐지만 이 상황을 미카엘라에게도 전해 주고 싶었다. 카밀라는 미카엘라와 함께 사람들이 있는 곳으로 향했다.

찬란한 햇살이 하눔비를 대신해 축복이라도 하듯 카밀라와 아이들의 머리칼 위로 떨어졌다.

응, 내가 우리의 책을
들고 있었어. 우리만의
이야기가 담긴 책을.

분명 우리의 미래는
그렇게 될 거야. 카밀라.

카밀라의 비밀 신호 만들기

미카엘라가 카밀라의 비밀 신호를 알아채지 못했다면, 카밀라는 절대 구출될 수 없었을 거예요. 똑똑한 독서광 카밀라가 친구들과 함께 쓸 수 있는 비밀 신호를 알려 줍니다.

'행운을 빌어.'라는 뜻이에요. 도전을 앞둔 친구에게 써 보세요.

인사하는 건가?

아니야, '멈춰.'라는 표시야. 위험을 알리는 신호지.

이외에도 친구들끼리 재미있는 비밀 신호를 만들어 보세요. 우정이 더욱 깊어
진답니다!

미카엘라
4. 긴급! 친구 실종 미스터리

1판 1쇄 펴냄— 2019년 12월 16일, 1판 4쇄 펴냄—2021년 5월 25일
2판 1쇄 찍음—2024년 10월 20일, 2판 1쇄 펴냄—2024년 10월 30일
글쓴이 박에스더 그린이 이경희 펴낸이 박상희 편집주간 박지은 편집 전지선 디자인 허선정
펴낸곳 (주)비룡소 출판등록 1994. 3. 17. (제16-849호)
주소 (06027) 서울시 강남구 도산대로1길 62 강남출판문화센터 4층
전화 02)515-2000 팩스 02)515-2007 홈페이지 www.bir.co.kr
제품명 어린이용 환양장 도서 제조자명 (주)비룡소 제조국명 대한민국 사용연령 3세 이상

ISBN 978-89-491-4604-1 74800/ ISBN 978-89-491-4600-3(세트)

*이 책에는 네이버 나눔글꼴을 사용하였습니다.